古诗海

顾问：马茂元　王运熙　程千帆　程俊英　霍松林
编委：王镇远　杨明　李梦生　赵昌平　黄宝华　蒋见元

先秦汉魏六朝诗鉴赏

本社编

1

执行编委

杨明　蒋见元

图书在版编目（CIP）数据

先秦汉魏六朝诗鉴赏／上海古籍出版社编. —上海：
上海古籍出版社，2023.1
（古诗海）
ISBN 978-7-5732-0527-8

Ⅰ.①先… Ⅱ.①上… Ⅲ.①古典诗歌-诗歌欣赏-
中国-先秦时代-魏晋南北朝时代 Ⅳ.①I207.22

中国版本图书馆 CIP 数据核字（2022）第 211957 号

国家普及类古籍整理图书专项资助项目

古诗海
先秦汉魏六朝诗鉴赏
（全三册）

上海古籍出版社　编
上海古籍出版社出版发行
（上海市闵行区号景路 159 弄 1-5 号 A 座 5F　邮政编码 201101）
（1）网址：www.guji.com.cn
（2）E-mail: guji1@guji.com.cn
（3）易文网网址：www.ewen.co
苏州市越洋印刷有限公司印刷
开本 787×1092　1/32　印张 30.125　插页 22　字数 643,000
2023 年 1 月第 1 版　2023 年 1 月第 1 次印刷
印数：1—3,100
ISBN 978-7-5732-0527-8
I·3689　定价：128.00 元
如有质量问题，请与承印公司联系

出版说明

中国素有"诗国"之称，古代诗歌源远流长、奇丽宏富，作家作品众多，风格流派纷呈，为世人叹服。古诗如浩渺的大海，奇珍异宝，触目皆是；蓬莱瀛洲，时或可见，畅游其中，令人流连忘返。

1992年，本社以《古诗海》为名，出版了一套集选本、注释、鉴赏及诗史研究于一体，全面介绍中国古代诗歌的大型工具书，深受欢迎。

两百多位专家、学者参与了诗歌的挑选和鉴赏。共选录历代诗歌两千余首，上起先秦，下讫清末，既有脍炙人口的名篇佳作，也有代表各个时期诗坛面貌和流派特征的优秀作品。诗歌按各朝代和诗人的生年先后排序，每位诗人的作品则以体裁（五古、七古、五律、七律、五绝、七绝）为序。每首诗均有精彩的赏析文章，对疑难词句、创作背景、主题思想、艺术技巧进行说明和阐释；从中，不仅可见古诗之美、之精、之妙，亦可见各位鉴赏者的学识与风采。此外，每个时代前均设概述，提纲挈领，总览诗歌创作的特色和价值；每位诗人均有简介，介绍其生平和诗歌创作的特点和成就。

1998年，为了满足当时读者的阅读需要，本社将《古诗海》分为四册印行，分别为：《先秦汉魏六朝诗鉴赏》《唐五代诗鉴赏》《宋辽金诗鉴赏》《元明清诗鉴赏》。

时隔二十年，本社再版此套经典丛书，以"古诗海"为丛书名。仍分为四卷，每卷分册，小巧轻便。内文疏朗美观，并配以与诗意相符的古代绘画、书法作品，以添新意。畅游诗海，品赏书画，亦是人生快事。

上海古籍出版社

2022 年 10 月

目 录

汉魏六朝诗概述 / 杨明　227

先秦诗概述

蒋见元

中国古典诗歌的爱好者，大都是从唐诗宋词入门的。唐诗的风神秀发，宋词的清婉流丽，令人读来口吻生花，爱不释手。然而唐诗宋词读得多了，难免会想再读一些魏晋六朝的、两汉的，甚至先秦的诗歌。因为唐诗宋词都不是凭空产生出来的，它们有着悠长的渊源，如果溯流而上的话，我们最终会找到先秦的《诗经》和《楚辞》。

在《诗经》与《楚辞》之前，相传还有一些上古的诗歌，如尧时的《击壤歌》、舜时的《南风歌》《卿云歌》等。但这些诗歌形式整齐，意境美妙，绝非上古时代所能产生，无疑是后人的伪托，因此，读诗者浏览则可，深究则不必。中国诗歌的真正源头还是在《诗经》《楚辞》。梁启超说："现存先秦古籍，真赝杂糅，几乎无一书无问题；其真金美玉、字字可信者，《诗经》其首也。"他又说："吾以为凡为中国人者，须获有欣赏楚辞之能力，乃为不虚生此国。"（《要籍解题及其读法》）

要获得欣赏《诗经》《楚辞》的能力，先要懂得一些关于《诗经》《楚辞》的基本知识。

《诗经》是我国第一部诗歌总集，三百零五篇，诗的作者不下数百人，可惜他们的真名实姓绝大多数已经湮没不可考了。这三百多篇都是周代的诗，最早的作于西周初年，最迟的产生于春秋中叶，涵盖了长达五百多年的历史时期。《诗经》并不是最初的名称，在孔子的时代，它被称为《诗》或者《诗三百》，直到汉武帝独尊儒术，将"诗"列为儒家经典之一后，才出现了《诗经》的名称。

《诗经》分为《风》《雅》《颂》三大部分。《风》有十五《国风》，是十五个不同地区的诗歌。《雅》有《大雅》《小雅》，是周代首都镐京（现在西安西南）一带的诗歌。《颂》有《周颂》《鲁颂》《商颂》，是皇室祭祀时用的朝廷乐曲。这三百多篇诗，最初都是可以配乐歌唱的，后来由于乐曲亡佚，我们今天看到的《诗经》就只能是有歌辞而无乐谱了。《诗经》作者的姓名虽不可考，其身份却是可以从诗中得知的。这些诗人中有王公贵族、领主官吏，也有庶民百姓、士兵工匠；有老者，也有青年；有男子，也有妇女。他们所吟唱的，有肃穆的祭歌，有典雅的礼曲，有庄丽的"史诗"，有威武的战歌，有哀婉的怨调，有热烈的恋词。有的嬉笑怒骂，揭露统治阶级的丑恶；有的平铺直叙，描述农事劳作的艰辛；有的一唱三叹，感慨往昔富贵的消逝；有的豪迈激昂，讴歌戍边御敌的悲壮。林林总总的诗人，形形色色的主题，汇集成这样一部五彩缤纷的诗集。可以说，《诗经》既是周代社会的一面镜子，又是文学艺术的一串明珠。遗憾的是，自从它被捧上儒家经典的宝座之后，历代的读书人只知它有"经夫妇、成孝敬、厚人伦、美教化、移风俗"的作用，而纯粹把它当作诗歌来欣赏的却不很多。直到现代，《诗经》才得以从"经"的灵光圈中解脱出来，而恢复其"诗"的本来面目。

先秦时代另一种同《诗经》迥异的诗体便是楚辞。楚辞的作者在战国时代有屈原、宋玉、景差、唐勒等，但文学成就最大的是楚辞的创始者屈原。屈原的作品中，以《离骚》最为著名。这首自叙性的抒情长诗，作于楚怀王未入秦前。它抒发了诗人内心的矛盾和苦闷，揭露了谗人当道的黑暗政治。后人将楚辞简称为"骚"，足见《离骚》的代表性。此外，还有《天问》《九歌》《九章》《招魂》《卜居》《渔父》《远游》等共二十五篇。其中《招魂》《卜居》《渔父》《远游》四篇及《九章》中的《悲回风》《惜往日》两篇，后人多怀疑是伪作，众说纷纭，莫衷一是。闻一多先生说："凡古代相传之事实，在无人提出反证，或所提之反证并不充足时，吾人只得暂时承认传说为不误，或至少为'事出有因'。"（《闻一多论〈九章〉》）我们觉得这一说法比较严谨和慎重，在没有一致公认的结论之前，还是不要轻易地取消屈原的著作权。

先秦的另一位楚辞作者宋玉是屈原的同乡。他在顷襄王时为文学侍从，虽然也嫉恨当道的奸佞小人，但不如屈原的刚直骨鲠，"终莫敢直谏"。他的辞赋有《九辩》《高唐赋》《神女赋》

《风赋》《登徒子好色赋》等。他的作品不如屈原的瑰玮奇幻、博大热烈，但自成一种纤丽委婉的风格。后世以"屈宋"并称，足见他在文学史上还是很有地位的。

《诗经》与《楚辞》产生的年代前后相差几百年，所产生的地区一南一北，相距也不算很近（《诗经》中只有《国风·二南》等少数诗歌产生于南方），与其说它们是文学长河中前仆后继的两朵浪花，还不如说它们是源头不同的两股涓涓清流，共同孕育了中国文学的滔滔长河。《诗经》是周代社会的一面镜子，是文学现实主义的滥觞；《楚辞》是屈原的激情和想象力的喷泉，是文学浪漫主义的杰作。《诗经》以四字句为主，多重章叠唱，显示了中原歌曲的特点；《楚辞》以参差交互的五、六言为主，很多作品结尾部分有"乱"（即乐曲尾声），体现了楚地歌曲的风格。历来谈《诗》《骚》相承者，多强调屈原对《诗经》比兴手法的继承和发展。但是我们细细玩味，《离骚》的美人香草与《三百篇》的托物起兴毕竟有很大的不同，与其说渊源所自，还不如认为独创一格来得切合实际。总之，《诗》《骚》相异之处多于相同之处，一南一北两朵奇葩，不妨在各自的土壤上怒放。后世文学"源其飙流所自，莫不同祖《风》《骚》"（《宋书·谢灵运传论》），并不说明二者在当初必然有继承关系。

《诗经》在封建社会被奉为儒家经典，《楚辞》也因其奇伟的魅力，使旧时读书人为之倾倒。因此，在过去，凡读书，无有不诵《诗》《骚》者。但随着时代的发展，《诗经》《楚辞》的读者群在急遽地缩小，《诗》《骚》爱好者的人数不要说同爱好现代文学、外国文学的人不能相比，就是同读唐诗、宋词的人也不可同日而语。究其原因，闻一多先生认为："（一）先作品而存在的时代背景与作者个人的意识形态，因年代久远，史料不足，难于了解。（二）作品所用的语言文字，尤其那些'约定俗成'的白字（训诂家所谓"假借字"），最易陷读者于多歧亡羊的苦境。（三）后作品而产生的传本的讹误，往往也误人不浅。"（《楚辞校补》引言）对于今天广大的诗词爱好者来说，第二条原因尤其是一个极大的障碍。翻开《诗经》与《楚辞》，几乎每一句都有不认识的字。经查看注释总算认识了字之后，对整个句子的含义和前后句子的连贯有时仍不甚了了，还得再看注释中的串讲或者白话译诗。比如我们读"小戎俴收，五楘梁辀。游环胁驱，阴靷鋈续"（《诗经·秦风·小戎》）这样拗口的诗句，又何如读"将军金甲夜不脱，半夜军行戈相拨，风头如刀面如割"（岑参《走马川行奉送封大夫出师西征》）这样的唐诗来得爽快呢？再如我们读"文异豹饰，侍陂陁些。轩辌既低，步骑罗些"（《招魂》），又何如读"九天阊阖开宫殿，万国衣冠拜冕旒。日色才临仙掌动，香烟欲傍衮龙浮"（王维《和贾至舍人早朝大明宫之作》）来得容易理解呢？既然文字的障碍要花费如此繁复累人的努力才能消除，读者自然不容易提起兴趣来；而当今一般的读者又不可能为此再去学习关于先秦文字训诂的知识，所以《诗》《骚》读者群的萎缩，也就是时势所趋而不可避免的了。

不过，因为重视中国文学的源头，而青睐于《诗经》《楚辞》的人们还是有的，近年来关于《诗》《骚》的注释本、翻译本、赏析集屡屡出版就是一个佐证。那么，我们究竟应该怎样来欣赏《诗经》和《楚辞》呢？我想不妨从几个方面来着眼。

首先，我们应注意《诗》《骚》作品的自然率真，一片天籁，纯从肺腑中流出，毫无矫揉做作之态。《诗序》说："诗者，志之所之也。在心为志，发言为诗。情动于中而形于言，言之不足，故嗟叹之；嗟叹之不足，故永歌之；永歌之不足，不知手之舞之，足之蹈之也。"这段话虽然阐发的是诗歌产生的理论，但用来评论《诗经》中的绝大部分诗篇，也是十分恰当的。《诗经》的作者群包括贵族官吏、将军士兵、农夫农妇、牧人工匠等等，不一而足，但他们没有一个是专业诗人，没有一个是终生以写诗为己任的。惟其如此，他们才不受任何拘束。他们只是饥者歌其食，劳者歌其事，哀者歌其情，乐者歌其喜。而且，在《诗经》时代，中国的封建社会尚未形成，桎梏人们思想的封建伦理尚未产生，民风十分纯朴，这也导致了诗风的纯朴，这是区别于后世诗歌的特点之一。这种特点在《国风》中体现得特别明显。比如《郑风·褰裳》是一首情歌，诗中的姑娘对小伙子说："你若爱我想念我，提起衣裳过溱河。你若变心不想我，难道再没多情哥。看你那疯癫样儿傻呵呵！"（译诗引自程俊英《诗经译注》）这样的作品大胆泼辣、毫不讳饰，完全是真情的宣泄，主人公的个性跃然纸上，使人读来不觉击节。又如《周南·芣苢》，是妇女们采芣苢时所哼的一首小曲，全诗三章，每章只换两个字，仅仅是反复咏歌而已，可以说无所谓什么主题思想，也并非有感而发，她们只是觉得采摘芣苢时十分愉快，或许还觉得默默地采摘未免有点寂寞，于是就你一句我一句地哼起来。歌词十分简单，乐调虽已经亡佚，想来也不会非常复杂，然而感情的表露却是真挚的、流畅的，毫不遮掩，毫不虚假。方玉润评论说："自鸣天籁，一片好音，尤足令人低回无限。"（《诗经原始》）确实，这首诗给读者带来一种纯朴的美感，探究其所以然，不在技巧的高超，而在于感情的真实。这类诗歌在《国风》和《小雅》中还可以找到不少。

至于屈原，他的诗篇中体现出来的强烈的爱憎、执着的追求，是世所公认的。由于他所运用的比兴象征手法远较《诗经》的比兴来得复杂，所以他描绘的意境更加深远，塑造的形象更加立体化，所谓"其称文小而其指极大，举类迩而见义远"（《史记·屈原列传》），使人产生联想与共鸣，从而去体会诗人忧愤之深广、寓意之绵长。王逸说《离骚》"依诗取兴，引类譬喻。故善鸟香草，以配忠贞；恶禽臭物，以比谗佞；灵修美人，以媲于君；宓妃佚女，以譬贤臣；虬龙鸾凤，以托君子；飘风云霓，以为小人"（《离骚经序》），就是分析屈原寄托感情的方法。同时，屈原在《离骚》《怀沙》等诗篇中也有许多直抒胸臆的诗句，如："长太息以掩涕兮，哀民生之多艰。""曾歔欷余郁邑兮，哀朕时之不当。揽茹蕙以掩涕兮，沾余襟之浪浪。""世溷浊莫吾知，人心不可谓兮。知死不可让，愿勿爱兮。"这些深沉真挚的句子在屈原瑰玮奇丽的诗篇中更有一种画龙点睛的作用。总之，《诗》《骚》的感情真实自然，信口而出，随心而发，有异于后世的"做"诗，这是读者不可忽略的。

其次，读者可多留意《诗》《骚》所创造的意境。诗贵创意，能够无所依傍，道出从未经人道过的诗意，所谓词必己出，意自心来，便是佳作。《诗经》和《楚辞》处于中国诗歌的最早成熟期，它们之前诗坛上几乎还是一片空白，所以《诗》《骚》之作几乎篇篇都是创意。这一点是比较容易做到的，不过我们如果从这些诗意出发，顺流而下，看后人是怎样对这些新意袭用、翻用、脱胎、移用，以致将诗坛点缀得五彩斑斓，则可以进一步体会诗人创意之妙处。比如征人远戍，妻子相思萦怀，这是两千多年来诗人们无数次吟咏的题材，而其意境则首创于《诗经》。《王风·君子于役》："鸡栖于埘，日之夕矣，牛羊下来；君子于役，如之何勿思！""鸡栖于桀，日之夕矣，牛羊下括；君子于役，苟无饥渴？"说的是日暮黄昏时刻，妻子的思绪越发深长，难以自已。清人许瑶光诗云："鸡栖于桀下牛羊，饥渴萦怀对夕阳。已启唐人闺怨句，最难消遣是昏黄。"（《再读〈诗经〉四十二首》）指出唐人闺怨诗之意境从《君子于役》而来。如白居易《闺妇》："斜凭绣床愁不动，红绡带缓绿鬟低。辽阳春尽无消息，夜合花开日又西。"韩偓《夕阳》："花前洒泪临寒食，醉里回头问夕阳。不管相思人老尽，朝朝容易下西墙!"都有《君子于役》的遗意。又如《小雅·车攻》："萧萧马鸣，悠悠旆旌。"向来被誉为写景的警句，得静中有动、动中有静的烘衬之妙。而随着这一意境的脉络，杜甫有"落日照大旗，马鸣风萧萧"（《出塞》）的名句，苏东坡有"吏士寂如水，萧萧闻马挝"的仿作等等，都从《车攻》这两句诗所创之意变化而来。《车攻》的作者名姓虽然湮没无闻，但他对中国诗歌的贡献却是不可抹煞的。至于《楚辞》，后人仰慕屈原的高尚人格和绝世之才，更是有意识地从《离骚》等名作中汲取营养。其例不胜枚举。约而言之，如《九章·思美人》："因归鸟而致辞兮，羌迅高而难当。"请鸟传书的诗意从屈原发端，自此以后，绵延不绝，变化无尽，成为诗人十分喜爱的构思。刘向《九叹·忧苦》："愿寄言于三鸟兮，去飘疾而不可得。"是有意识的模仿。宋祁《感秋》："莫就离鸿寄归思，离鸿身世更悠悠。"宋徽宗《燕山亭》："凭寄离恨重重，这双燕何曾，会人言语。"则更是拓开了一层。无名氏《御街行》："霜风渐紧寒侵被，听孤雁、声嘹唳。一声声送一声悲，云淡碧天如水。披衣起，告雁儿略住，听我些儿事。　塔儿南畔城儿里，第三个、桥儿外。濒河西岸小红楼，门外梧桐雕砌。请教且与，低声飞过，那里有、人人无寐!"则在旧意外重翻新意，曲尽思致。《九章》短短二句诗意，至后世发展得蔚为大国，足见其所创意境生命力之强。总之，读《诗》《骚》作品而注重其创意之处，于读者不但能更好地赏玩本诗，对阅读后世诸多诗词都是有很大启发的。

最后，对《诗》《骚》有兴趣的读者，要注意到它们的缺点。再出色的诗集，再杰出的诗人，也不可能是十全十美的。这本是常识，毋须赘言。但是因为《诗经》和《楚辞》曾经都被抬高到不适当的地位，所以不得不再专门提醒。《诗经》自被奉为儒家经典之后，不但在政治上被认为有敦厚伦理、移风易俗的作用，在艺术上也被美化成无可逾越的巅峰。所谓"《三百篇》不可及也"的说法，在旧时是很有市场的。其实三百篇虽为诗家滥觞，但当时诗歌毕竟初初成型，稚拙、粗糙、直露、枯涩等毛病在所难免。这本赏析辞典所选都是艺术性较高的，倘若读者有意通读《诗经》，就会碰到像《周颂·清庙》《维天之命》《维清》《烈文》一类的宗庙祭祀诗。这些诗如果在当时配上乐调和舞蹈，或许尚可一观；像现在这样只剩歌词，作为一首诗实在是无艺术形象可言。除了《颂》之外，《风》《雅》中也有不少写得平淡乏味的诗篇。即便是《诗经》所创意的构思，也存在着"前修未密，后出转精"的情况。比如《邶风·燕燕》"瞻望弗及，伫立以泣"两句，说的是送别者遥望着远行者逐渐消失，不禁站在那里潸然泪下。这一创意对后世影响绵长，远绍《燕燕》者不乏其人。王维《齐州送祖三》："解缆君已遥，望君犹伫立。"梁朱超道《别席中兵》："扁舟已入浪，孤帆渐逼天。停车对空渚，长望转依然。"都仿《燕燕》之意。张先

《虞美人》："一帆秋色共云遥，眼力不知人远，上江桥。"辛弃疾《鹧鸪天》："情知已被山遮断，频倚阑干不自由。"则不仅是模仿，又多一层转折。至于张先《南乡子》："春水一篙残照阔，遥遥，有个多情立画桥。"宋王操《送人南归》："去帆看已远，临水立多时。"再三摹写，委婉尽致。如果将这一意境的前后发展细细玩索，不难发现《燕燕》的初创不免直露了一些，含蓄转折不如后人。读者只要不将《诗经》当"经"读，而是当诗读，则自能洞见其瑕瑜。读《楚辞》也一样，屈原虽然是伟大的诗人，不可能篇篇绝唱，字字珠玑。他的作品中某些铺张扬厉的描写，虽然显示出奇瑰的想象力，毕竟也有繁复冗长之病。这种写法为汉赋滥觞，汉赋的堆砌词藻，不能不说在《楚辞》中已见端倪。再如钱锺书先生评《天问》曰："《天问》实借《楚辞》他篇以为重，犹月无光而受日以明，亦犹拔茅茹以其汇，异于空依傍、无凭藉而一篇跳出者。《离骚》《九歌》为之先，《九章》《远游》为之后，介乎其间，得无蜂腰之恨哉！"实在是切中肯綮之论。《天问》一共问了一百七十二个问题，天地日月星辰，王朝盛衰兴亡，无所不及，后世可以从中考见战国时代的哲学观、自然观等问题，颇具史料价值；但从文学欣赏的角度来看，《天问》与《离骚》《九歌》诸篇不可同日而语。因为屈原如此受人推崇，《天问》又是他的重要作品之一，所以历来对此赞美多于批评。读者若客观地将它同《离骚》《九歌》等对读，我相信自能辨别出其中差异。

综上所说，对《诗》《骚》不必存畏惧心理，亦不必崇敬太过，根据自己的兴趣，慢慢读去，中国诗歌的源头自然能以清澄瑰丽的面目展现在你面前，你也自然能获得充分的美的享受。

古　歌

击　壤　歌

日出而作，日入而息。
凿井而饮，耕田而食。
帝力于我何有哉？

此诗最早见于汉代王充《论衡·感虚篇》和《艺增篇》，王氏所引"帝力于我何有哉"一句作"尧何等力"。后来晋皇甫谧《帝王世纪》和宋郭茂倩《乐府诗集》均有记录。传说这是唐尧时候的歌曲，所谓"《南风》《击壤》，兴于三代之前"（《诗薮·内编》卷三），"《康衢》《击壤》肇开声诗"（《说诗晬语》），是中国最早的诗歌。但这首歌的文句十分流畅，比起《诗经·周颂》中那些西周前期的诗歌来，后者要佶屈聱牙、古奥艰涩得多。很显然，"帝尧之世，有八九十老人击壤而歌"的说法是伪托之词。这首歌真正的创作年代可能在战国时期。

除了文字流畅以外，全诗的句式也十分工整。第一、二句写农家的作息，反映出一种原始的与大自然吻合的状态。由于它的典型性，经常被后世文人引用来描述先民的生活。第三、四句写农事的内容，于拙朴中见出熙熙然乐的太平风情。最后一句由客观的描写转为主观感情的抒发，是点题之笔；而且用七言句，读起来也多添一层长短抑扬的韵致。这首诗虽是伪托，但作者心目中帝尧之世的"太平景象"倒也描绘得清晰如见。而且正因为是伪作，文字也不显得枯涩，有一定诗味。

(蒋见元)

南　风　歌

南风之薰兮，可以解吾民之愠兮。
南风之时兮，可以阜吾民之财兮。

《史记·乐书》云："昔者舜作五弦之琴，以歌《南风》。"据此，这应该是虞舜时代的诗歌。但是，歌辞引自《尸子》和《孔子家语》，其真实性仍值得怀疑，恐是后人追记。不过本文的赏析，仍以传统的解说为依据。

这短短四句诗（有的古籍中所征引的只有前二句），洋溢着一股欢乐祥和的气氛。南风又称薰风，也就是温煦和润的初夏之风。它使人们的心情欣欣然快活起来，又不失时机地滋养万物，万物繁育蕃盛了，老百姓的日子也就好过起来了。《韩诗外传》云："舜弹五弦之琴以歌《南风》而天下治。"实际上应该是天下治而舜歌《南风》。国泰民安，天下太平，然后虞舜自我作颂，自我赞叹。但他不说自己功德无量，却归功于南风的和煦得时。以南风吹遍大地象征君王的泽流天下，以南风的温煦和润象征君王的慈爱仁惠，都显得委婉而得体。这种暗含喻意的表述，很类似《诗经》中的"兴"。不过在虞舜时代，诗歌充其量方始萌芽，恐不会有如此曲折的手法。象征云云，只是我们后人的体会。但是后人能够从中品味出这层含意来，可见这首诗的内涵还是比较丰富的。

此外，如果虞舜当时弹五弦之琴的乐谱还在，依声而歌，一定是更加悦耳动听，更加令人神往的。 （蒋见元）

卿　云　歌

卿云烂兮，纠缦缦兮。
日月光华，旦复旦兮。

　　这首诗相传是舜将禅位给禹时，百官群臣所唱的颂歌。最早记载见于伏胜《尚书大传·虞夏》。卿云是古人心目中的一种祥瑞。《史记·天官书》云："若烟非烟，若云非云，郁郁纷纷，萧索轮囷，是谓卿云。卿云，喜气也。"全诗所弥漫的也就是一种喜气洋洋的氛围。"纠"同"纠"，"纠缦缦"是形容卿云纡徐曲折的样子。后两句歌颂日月光辉长久照耀，象征着舜、禹的禅让给天下带来光明。

（蒋见元）

越 人 歌

今夕何夕兮，搴洲中流。
今日何日兮，得与王子同舟！
蒙羞被好兮，不訾诟耻！
心几烦而不绝兮，得知王子。
山有木兮木有枝，心说君兮君不知！

　　这是春秋时期南方越国的一支民歌。西汉刘向《说苑》记载：
"鄂君子晳泛舟于新波之中，乘青翰之舟，张翠盖，会钟鼓之音毕，
榜枻越人拥楫而歌。"鄂在春秋时属于楚国，鄂君是楚王母弟，据
说长得英俊漂亮，越人爱慕他的美貌，唱出了这支歌。
　　诗歌的前四句完全是一种惊喜交加的口气，能与王子一同泛
舟，是多么快活而出乎意料啊！这种强烈感情的突兀而起，一下子
将读者的注意力吸引住了。中四句是心胸的坦露，与王子相知，既
带来心情的愉悦，又引起几多烦恼，这是一厢情愿的爱恋者常有的
心态。歌唱至此，感情似乎从跳荡昂扬转为平稳，然而平稳中不乏
深沉，有渐入佳境之致。但是最后二句却变得十分惆怅，结尾落在
缠绵悱恻的低调上。全诗从高昂而低徊，颇为宛转。不过"心说君
兮君不知"一句，于缠绵中仍见质直，与后世微婉曲折的表达不
同，这恐怕就是早期诗歌的朴野之处吧。

（蒋见元）

易 水 歌

风萧萧兮易水寒，壮士一去兮不复还！

    这是战国时期燕国壮士荆轲唱的一首歌，所以又名《荆轲歌》。据《史记·刺客列传》记载，秦王蚕食诸侯，燕国受到威胁。燕太子丹企图刺杀秦王，请壮士荆轲去完成这项危险的任务。荆轲临行时，太子等人在易水之上为他饯行，他唱了这首歌作为告别之词。到秦国后，荆轲刺杀秦王未遂，反而被秦王杀了。

    歌词只有两句，但读者会深深地被其中悲壮慷慨的情调所感染。第一句是摹景，一个"萧萧"叠词，一个"寒"字，渲染出一派肃杀气象，与垂泪诀别的场合完全吻合，是所谓融情入景。第二句是抒情，此去强秦，绝无生还之望，然而高歌慷慨，略无畏惧留恋之意，充分体现出燕赵之士轻生重义的个性。据《史记》所述，荆轲唱这首歌时，"为羽声慷慨，士皆瞋目，发尽上指冠"，可见其声调之激越。

    后人对《易水歌》极为推崇，认为虽"仅十数言，而凄婉激烈，风骨情景，种种具备。亘千载下，复欲二语，不可得"（胡应麟《诗薮》）。其感人之处，确实已远远超出为刺客送行的范围了。

（蒋见元）

关　雎

关关雎鸠，在河之洲。
窈窕淑女，君子好逑。

参差荇菜，左右流之。
窈窕淑女，寤寐求之。
求之不得，寤寐思服。
悠哉悠哉，辗转反侧。

参差荇菜，左右采之。
窈窕淑女，琴瑟友之。
参差荇菜，左右芼之。
窈窕淑女，钟鼓乐之。

　　《关雎》是《诗经》的首篇，也是"二南"之始。诗前有序，总述《诗》三百篇的要旨，称为《诗大序》，其中论及《关雎》之义者有二处：一曰："《关雎》，后妃之德也，风之始也，所以风天下而正夫妇也。"二曰："是以《关雎》，乐得淑女以配君子，忧在进贤，不淫其色，哀窈窕，思贤才，而无伤善之心焉。"据今人考证，大序产生较晚，大抵为汉儒阐扬诗教的意见，不一定符合此诗的本意。从诗的内容来看，它是一首恋歌，很可能用之于祝贺新婚。方玉润在评价《桃夭》时说："此亦咏新婚诗，与《关雎》同为房中乐，如后世催妆坐筵等词。特《关雎》从男求女一面说，此从女归男一面说：互为掩映，同为美俗。"（《诗经原始》）依《礼记·曲礼》，周代确有"贺取（娶）妻"的风俗，看来方玉润的说法是可靠的。

此诗共三章，首章四句，以雎鸠的和鸣起兴，写男女初见时的恋情。关关，象声辞，形容水鸟相和的鸣声。雎鸠，是一种水鸟，状似凫鹥，朱熹《诗集传》说它常活动于江淮间，"生有定耦（偶）而不相乱，耦常并游而不相狎"。诗一开头用这情意专一的水鸟起兴，表明这求偶的男子爱情的纯贞。"窈窕淑女"是说诗中的女子娴静善良。马瑞辰《毛诗传笺通释》引《方言》说："秦晋之间，美心为窈，美状为窕。"也就是说这女子的形体和心灵都十分美好。对于这样的女子，"君子"自然要选她作为佳偶了。今人一般都认为"君子"乃贵族男子的通称，从后文"琴瑟""钟鼓"这些豪华乐器看来，此说可通。

诗的第二章，按前人的分法为八句，写诗中男子的刻骨相思。"荇菜"为水中植物，叶似莼而稍尖长，可食。可以想象，此刻男子正在水滨寻芳拾翠，他始而听到水鸟的和鸣，继而看到一个美丽的姑娘在水里采摘荇菜，她那灵巧的双手一会儿在左边采，一会儿又在右边摘，动作是那样的优美活泼，简直使他入迷（按：流和芼都是采的意思）。于是他睡里梦里想着她，翻来覆去睡不着，觉得那漫漫长夜是如此难熬。这一章把男子对女子的热烈追求、衷心爱慕，非常形象地表现出来。用宋人柳永的话来说，真是"衣带渐宽终不悔，为伊消得人憔悴"！

第三章也是八句（仍依韵分作两节），以欢乐的笔调描写爱情的幸福。经过男子的执着追求，他们的恋爱终于成功了，并且喜结良缘，成为夫妇。陈奂《诗毛氏传疏》云："凡乐，琴瑟在堂上，钟鼓在堂下。《关雎》为房中之歌，则燕乐有钟鼓。"在喜庆筵席上，丝弦伴奏，钟鼓齐鸣，那热闹的场面、和谐的气氛，多么令人兴奋。不难想象，此刻新郎、新娘在伴和着歌唱，在向客人祝酒，然后在喜洋洋的乐曲中双双进入洞房。我们读了这最后一章，更感到这是一首贺婚歌。至于前面所写的，只不过是交代一下恋爱过程作为陪衬罢了。

《诗大序》说："发乎情，止乎礼义。"孔子说："《关雎》乐而不淫，哀而不伤。"（《论语·八佾》）我觉得这些评论是十分中肯的。夫男女之情，人皆有之；男女相见，自然容易相悦相恋；但这里所描写的并没有超出人们的道德准则。在写相思失恋过程中，诗里虽写了"求之不得"，"辗转反侧"，近于悲哀，然而并不悲痛欲绝以至于伤感。既得之后，诗中洋溢着欢乐情绪，但并不过分。（《诗大序》疏："过其度量，谓之为淫。"）爱情之作能写得如此，可谓恰到好处。

（徐培均）

卷 耳

采采卷耳，不盈顷筐。
嗟我怀人，寘彼周行。

陟彼崔嵬，我马虺隤。
我姑酌彼金罍，维以不永怀。

陟彼高冈，我马玄黄。
我姑酌彼兕觥，维以不永伤。

陟彼砠矣，我马瘏矣，
我仆痡矣，云何吁矣！

　　劳人思妇之诗在《诗经》中占了很大的比重，但是古代的研究者却认为此诗写的是"后妃之志"（《毛诗序》），"后妃以君子不在而思念之"（朱熹《诗集传》）。至方玉润始云："此诗当是妇人念夫行役而悯其劳苦之作。"（《诗经原始》）方玉润的意见是对的。诗中写的是一位思妇，她在采摘卷耳（苍耳之嫩叶，可食）时，忽然想起出门远行的丈夫，于是放下还没有采满的"顷筐"

（斜口筐子），站在大道（周行）旁遥望远方，想象丈夫在外行役的苦况。采卷耳这一动作，朱熹《诗集传》以为是"赋也"，而陈奂《诗毛氏传疏》则以为"忧者之兴也"。就诗意而言，当是"兴"。"兴"是指客观景物诱发起主观情志，也就是触景生情，情动而咏唱。此刻思妇手采卷耳，情动于中，故而开始一系列的想象。

诗的二、三、四章，集中笔力刻画一位男子过冈越岭、辛苦劳顿的情况，其中六处用了"我"字，乍看起来，似第一人称，很像《魏风·陟岵》所写的"陟彼岵兮，瞻望父兮"；"陟彼屺兮，瞻望母兮"。然仔细分析，此诗却是在思妇幻想的屏幕上展现着一个又一个镜头：第一个镜头是她的丈夫登上险峻的山岭，觉得马腿发软（虺隤），于是他拿起酒杯，饮酒宽怀；第二个镜头是她的丈夫爬上高冈，马儿眼睛发花，他怕坠下深谷，于是"酌彼兕觥"（牛角杯），用以抑制悲伤；第三个镜头是她的丈夫登上多石的山地，马儿疲惫，仆人病倒，再也不能前进，他只得长吁短叹。这里我们发现一个特点：诗人不是用抽象的语言写伤离惜别，而是通过具体的形象，通过人物的行动和所处的环境表达思妇对丈夫的关切和忆念。在以上三组镜头中，莫不浸透着女主人公的悠悠思绪、深深愁情，浸透着她对丈夫的一腔挚爱和一往情深。

《诗经》中的缘情之作，特别是"二南"和"国风"中的许多篇什，带有浓厚的民歌色彩，或者说它们本来就是民歌。民歌的特点之一是用复沓、重叠的形式。本篇除首章外，均采用了复沓、重叠的形式，但它们不是简单的重复，而是在重叠中写出了层次，写出了发展，例如同样是写马，从腿的"玈隤"到眼的"玄黄"，以至于全身之"瘏"，都是循序渐进，最后发展到高潮。另外，这种重叠可能与民歌的歌唱有关。它们很可能用的是一个曲谱，通过音乐的节奏，往返回环的旋律，声辞相配，表现了人物内心的哀伤。

（徐培均）

芣苢

采采芣苢，薄言采之。
采采芣苢，薄言有之。

采采芣苢，薄言掇之。
采采芣苢，薄言捋之。

采采芣苢，薄言袺之。
采采芣苢，薄言襭之。

　　这是一群妇女采集芣苢时所唱的歌。芣苢，即车前草，相传服之令人多欲生子，故闻一多曾说此诗"是母性本能的最赤裸最响亮的呼声"（《匡斋尺牍》）。

　　诗共三章，通篇只六字变换，然而却写出了妇女们从开始采芣苢到用衣襟把芣苢兜回家的劳动的发展过程，同时也表达了她们劳动中欢乐的心情。我们读后可以想象出这样一幅景象：在一个夏天，芣苢都结子了，妇女们结伴而往，她们一边采，一边唱，满山谷响着歌声。方玉润说得好："读者试平心静气，涵泳此诗，恍听田家妇女，三三五五，于平原绣野、风和日丽中群歌互答，余音袅袤，若远若近，忽断忽续，不知其情之何以移而神之何以旷。"
（《诗经原始》）

吴师道曾评此诗云："终篇言乐，不出一乐字，读之自见意思。"（见《传说汇纂》）这虽道出了此诗的艺术特点，却没指明作品是如何形成这一特色的。我以为此诗所以能获得"不着一字，尽得风流"之妙，一是以动作传情。全诗没有用任何具有感情色彩的词语来揭示人物的心理，而是在"采采芣苢"的反复与重叠中，通过由采而有，由有而掇，由掇而捋，由捋而袺，由袺而襭的一系列动作的描绘，展示出妇女们越采越欢快的心情。二是以声韵传情。诗的第一章用的是上声韵，后两章用的是入声韵。上声韵和缓，宜于表达舒坦的气氛和愉快的感情；入声韵急促，宜于显示达于沸点的感情。诗中，妇女们越采越多，越唱越高兴，感情的起伏变化随着韵脚所代表的感情基调得到了进一步的体现。正在于全诗以动作传情，以声韵传情，故令人联想不穷，可以领悟到无限的言外之旨，真如王夫之所云："从容涵泳，自然生其气象。"（《姜斋诗话》）

（陈如江）

摽 有 梅

摽有梅，其实七兮。
求我庶士，迨其吉兮！

摽有梅，其实三兮。
求我庶士，迨其今兮！

摽有梅，顷筐塈之。
求我庶士，迨其谓之！

这是一首写女子求偶的情歌，诗中女子急切地盼望男子向她求婚。

古俗："女子十五而许嫁，二十而嫁。"（《穀梁传·文公十二年》）统治者为了使男女婚姻及时，得以蕃育人口，还给青年男女创造自由择偶的机会，一经双方同意就可同居。《周礼·地官·媒氏》中说："中春之月，令会男女，于是时也，奔者不禁。"又说："令男三十而娶，女二十而嫁。"（同前）古代妇女没有独立的经济地位，一生的荣辱贵贱很大程度上取决于容貌。一旦二十未嫁，青春逝去，她们就要承受来自社会、家庭的巨大压力。所以，为了生存，为了免受屈辱，那些逾二十而未嫁的女子要求及早成家的心情十分迫切。《摽有梅》中的女子很可能就是一位接近二十岁的女子，她直率地唱出了那个时代那一群女子的共同心声。

诗分三章，每章皆以因黄熟而日益稀落的梅子起兴。此诗妙在运用递减的梅子以及与之对应的心理描写，将这位女子随着红颜渐逝而引起心理的同步变化真实地、层层深入地呈现出来。"其实七兮……迨其吉兮"，《郑笺》曰："梅实尚余七未落，喻始衰也。"红颜初褪，尚有时间选择良辰吉日定终身。"其实三兮……迨其今兮"，树上的梅子只剩下十之三，红颜依稀尚存之日，她已没有更多选择的余地。什么良辰吉日，一天也不能再拖延，只要男子求婚，今天就可定婚期。"顷筐塈之……迨其谓之"。梅子全都落了地，拿着筐儿来拾取。红颜尽去，片刻也不能再迟疑。"但相告语而约可定矣。"（朱熹《诗集传》）只要男方说声"我想娶你"，就马上可以决定与他成夫妻。

全诗洋溢着一股强烈的真诚、直率、迫切之情，但直率之中不乏委婉，迫切之中不乏含蓄，急忙之中不失矜持。明明是年龄渐渐大了，容貌随时间的流逝而渐渐发生变化，却不直说，而是借梅子黄落这一自然意象委婉道来。明明是自己急于求婚，却不直写，而是从对方写起，叮咛对方不要错过良机。既表达了自己迫切的心情，又不卑不亢，不失身分。

（鲁洪生）

野有死麇

野有死麇，白茅包之。
有女怀春，吉士诱之。

林有朴樕，野有死鹿。
白茅纯束，有女如玉。

"舒而脱脱兮！无感我帨兮！
无使尨也吠！"

　　这是一首爱情诗。诗中描绘一个打猎的青年在丛林中邂逅一位美丽纯洁的姑娘，两人心心相印，萌生了恋爱之情。

　　此诗的章法很讲究。诗三章，是按照事件发展的线索组构的。首章写男女青年爱情的萌发。男方一见钟情，又无法直接表白，他聪明地用洁白柔滑的白茅包上刚打到的獐子肉送给他心爱的姑娘。这意味深长的礼物代替了千言万语，使他得到了姑娘的爱。

　　二章追叙男方产生爱慕之情的原因：是因为"有女如玉"。玉在古人眼中是非常珍贵高洁的象征物，诗人有时用它来比喻坚贞纯洁的美德，有时用它比喻洁白无瑕的美貌。美玉一般的姑娘使他倾心。

三章借姑娘的语言委婉含蓄地暗示了他们爱情的成功和高潮。"慢慢来呵轻轻来！别动我腰间的佩巾啊！别惹狗儿叫起来！"姑娘的话既委婉又真实地表现出了她在爱情冲动时的矛盾复杂的心理：心许、羞怯、惊慌、欣喜……不是断然拒绝，而是婉言叮嘱；不是不让动，而是要他不要太鲁莽；不是心不想，而是怕惊动狗儿叫，惹得他人知。仅此三句就可使人想见姑娘当时那种似嗔似喜、若迎若拒的情态。

此诗在叙写重心的变换上也很有特色。男方是爱情的主动者，本应侧重描写他，诗人却反客为主，三章皆以爱情的被动者为描写核心。一章写其情，二章写其貌，三章写其言，短短十一句的小诗，便在叙述事件发生、发展的过程中多角度地刻画了一位美丽多情的姑娘。

（鲁洪生）

柏　舟

泛彼柏舟，亦泛其流。
耿耿不寐，如有隐忧。
微我无酒，以敖以游。

我心匪鉴，不可以茹。
亦有兄弟，不可以据。
薄言往愬，逢彼之怒。

我心匪石，不可转也。
我心匪席，不可卷也。
威仪棣棣，不可选也。

忧心悄悄，愠于群小。
觏闵既多，受侮不少。
静言思之，寤辟有摽。

日居月诸，胡迭而微？
心之忧矣，如匪澣衣。

静言思之，不能奋飞。

这首诗抒写一个既遭到丈夫厌弃、又受到众妾欺侮的女子的愤懑与忧愁。

诗篇采用女子自诉的口吻。起调"泛彼柏舟，亦泛其流"二句，以柏舟起兴，同时以柏舟任随河水飘流，不知何止，暗喻自己飘泊的身世。接下"耿耿不寐，如有隐忧"二句入题，以终夜难眠，点出内心的忧愁之深。她曾试图以饮酒解愁，以闲游消忧，然而这些努力均告徒然。这一章写出了其难以排遣的忧愁。

次章开端"我心匪鉴，不可以茹"的意思是说，我的心无法同明镜比，不能什么都接受而毫不在乎。这句话点出了她目前在夫家已无法忍垢含辱的处境。在当时，对一个弱女子来说，摆脱这种处境的唯一希望便是依赖娘家的帮助。然而娘家虽有兄弟，却"不可以据"，不能依靠也就罢了，更使她痛心的是，在向他们叹诉自己的不幸遭遇时，反遭他们的恼怒。这一章写出了其无所依托的处境。

处于孤立无援的境地，是退让苟合呢，还是不屈不挠？诗人以"我心匪石，不可转也。我心匪席，不可卷也"两个比喻作了回答：我心不是石一块，哪能随人去翻转；我心不是席一条，哪能随人去收卷。诗句中的"匪"字、"不"字，有力地表示了她的坚贞意志。意志的坚贞乃是出于她对自己"威仪棣棣，不可选也"的自信，既然自己仪容娴静品行端，何必要去屈志随俗呢？于此，我们分明可以感受到诗人的愤懑不平之气。

最后两章转入正题，交代了"隐忧"的原因是"愠于群小"与"日月迭微"。由于得罪了群小（即众妾），致使自己平白无故地遭到陷害与侮辱，因而"寤辟有摽"（痛心使我把胸捶）；由于日月失明（即丈夫昏庸），致使自己难明心志，心中的哀怨就像衣裳上洗不掉的污秽，因而"不能奋飞"（恨不能远走高飞）。在这一句句痛苦的倾诉中，一个忍无可忍、满腔忧愤的女子形象跃然纸上。

明徐祯卿曾称此诗"曲尽情思，婉娈气辞"（《谈艺录》），确实这是一首情文悱恻、风度缠绵的佳作。全诗采用直抒衷肠的形式，但并不直泻无余。前两章，诗人不写愁因，却摹愁情。先从柏舟兴起，兴中兼比，以柏舟之泛泛而流暗喻自己身世的飘零，为全诗埋下主线。然后从自解不得、求助不能两方面描写无可排遣之愁怀、无所依托之处境，为下文抒情作铺垫。第三章以石、席之喻反衬自己不苟合随俗的坚贞之心。然其越不屈志，则越难容于人，越难容于人，则忧愁越深，处境越危，这就更深一层地揭示了其人生的悲剧色彩。最后两章点明愁因后，便开始作淋漓尽致的倾诉，既发出了受众妾欺侮的愤懑，也发出了对丈夫昏庸的怨恨；既诉说了"寤辟有摽"的痛苦，也诉说了"不能奋飞"的无奈。全诗正如俞平伯先生所说："一气呵成，娓娓而下，将胸中之愁思，身世之畸零，宛转申诉出来。通篇措词委宛幽抑，取喻起兴巧密工细，在朴素的《诗经》中是不易多得之作。"（《读诗札记》）

（陈如江）

燕 燕

燕燕于飞，差池其羽。
之子于归，远送于野。
瞻望弗及，泣涕如雨。

燕燕于飞，颉之颃之。
之子于归，远于将之。
瞻望弗及，伫立以泣。

燕燕于飞，下上其音。
之子于归，远送于南。
瞻望弗及，实劳我心。

仲氏任只，其心塞渊。
终温且惠，淑慎其身。
先君之思，以勖寡人。

这是记叙卫国君主送妹远嫁的诗，诗中表达了卫君对其妹品德的赞美和不忍亲人离去的真挚感情。

全诗共四章，每章各六句。前三章均以"燕燕于飞"起兴，由燕子之飞引出妹妹的远行。"差池其羽""颉之颃之""下上其音"等关于燕子双飞、上下追逐的描写，形象地传达了妹妹出嫁的消息，而紧接着"之子于归"一句，则把这一消息挑明了。怀着对朝夕相处的亲人的深情厚意，卫君送别妹妹，直送到郊外遥远的地方。分手了，他依然伫立着，目送妹妹远去，直到"瞻望弗及"为止，而且"泣涕如雨"，表现出极度的伤感。妹妹走了，给兄长留下的只是苦苦的思念，卫君不由地发出"实劳我心"的慨叹。这位出嫁的妹妹何以令人如此想念？她的远离何以使作为兄长的卫君如此伤心？诗的末章对此作了解答："仲氏任只，其心塞渊。终温且惠，淑慎其身。"原来她心地诚实善良，脾气温和柔顺，办事谨慎可靠，是个值得信赖的人。她还向兄长说起，要常想着已故的父亲，以此勉励兄长做个好的君王。这样贤惠的妹妹，作为兄长的卫君，怎么舍得让她远嫁呢？

诗人在构思上是颇具匠心的：前三章只写送别情景，至末章才述及远者的美德。越是渲染送者恋恋不舍的情绪，越是显得远行者品德可贵，令人尊重和怀想。有前三章形象的描写为衬托，末章抽象的评价就不显得枯燥了。

（洪本健）

击　鼓

击鼓其镗，踊跃用兵。
土国城漕，我独南行。

从孙子仲，平陈与宋。
不我以归，忧心有忡。

爰居爰处？爰丧其马？
于以求之，于林之下。

死生契阔，与子成说。
执子之手，与子偕老。

于嗟阔兮，不我活兮。
于嗟洵兮，不我信兮。

　　这首诗写一个被征调到远方打仗的士兵思归不得的怨恨，表现
了当时老百姓的厌战情绪。

　　首章叙述出征时的情景。第一句显示了出征之时威武庄严的气氛，接下两句是出征者所见的两组镜头。前一组镜头是官兵们在练刀练枪，后一组镜头是民工们在修路筑墙。于是这个士兵就生发了"我独南行"的悲伤。因为，尽管官兵们的操练是那么激烈，尽管民工们的劳役是那么疲惫，但他们毕竟不用冒锋镝死亡之危，受长途跋涉之苦，怀去国离乡之悲啊。诗人通过两种处境的对比，衬托出士兵的征戍之苦。

　　第二章的前两句交代到南方打仗的原因。实际上这两句才应该是全诗真正的开端，诗人却以"击鼓其镗"起调，这就是诗歌创作中的劈空而起法。如果以"从孙子仲，平陈与宋"为全诗开头，则就平淡得很，抓不住读者。现在的开端有一种突兀之感，令读者醒觉。诗人没有对"平陈与宋"展开任何描述，一笔带过后就转到这个士兵身上："不我以归，忧心有忡。"纠纷已经调解平息，却还得留守南方，这种留守究竟何时才能了呢？他的心中不禁涌上一阵酸楚。

　　诗的第三章就描写这个士兵因思家而产生的迷离心态。"爰"即"在何处"。已经搞不清自己正住在哪里，正歇在何方，甚至把自己的战马都丢失了。这些描写，看似无理，却深刻地传达了一个戍边思家者的凄苦之情。第四章是这个士兵追叙临行时与妻子分别的情景。"契阔"，即远离。他们坚信着不久之后是能够见面的，所以分别之际再三的约誓。但是现实生活常常不如人愿，于是第五章转到了对现实的感慨。

　　"于嗟阔兮"是从空间的遥远而发出的感叹，"于嗟洵兮"是从时间的长久而发出的感叹。空间遥隔，使他们难以重相见；时间久长，使他们无法守誓言。从这一句句的感慨之中，我们感受到，这个士兵的心灵负担着多么沉重的痛苦啊！这难道是空间与时间所造成的吗？从诗句中，我们听到了士兵们对战争发出的怨恨。

这首诗通首采用赋的形式，一切都是以一个有血肉、有感情的士兵来直接抒发自己的怨恨与感慨。在结构上，诗人没有平铺直叙，而是通过巧妙的艺术构思，表现得婉转曲折。如先以"击鼓"起调，令人醒觉，然后用两组镜头映衬出征人的愁苦，接下交代出征原因，略写战争，详写不得归家的苦痛，再回忆离别情景，最后发出感慨。这样的结构使全诗更为真切感人，同时也使整部作品呈现出开放式。这个士兵将怎样解决征戍与思归的矛盾，这是读者读完作品后不能不进行思考的。

（陈如江）

匏有苦叶

匏有苦叶，济有深涉。
深则厉，浅则揭。

有㳽济盈，有鹭雉鸣。
济盈不濡轨，雉鸣求其牡。

雝雝鸣雁，旭日始旦。
士如归妻，迨冰未泮。

招招舟子，人涉卬否。
人涉卬否，卬须我友。

　　这首诗写一个女子清晨在济水边上徘徊，盼望着住在河对岸的未婚夫赶快过来娶她。

　　诗的开头两句是女子在等待未婚夫时心中所作的设想。匏，即葫芦，可以佩在身上用以渡水。涉，这里指渡口。这位女子在想，可能是苦匏有叶，尚未熟透，未婚夫无法用它渡河来娶我；也可能是因为济水渡口的水很深，未婚夫过不来吧。接下两句，她又把自己的设想给否定了，因为济水再深，连衣涉水也能渡过河来，又何况有的地方水很浅，走过河时，只要揽起下衣，水都打不湿衣服呢。第二章是描写这位女子在河边徘徊时的所见所闻。"有渳济盈"是所见济河水满的情景；"有鷕雉鸣"是所闻野鸡呼唤的声音。后两句则是对前两句的进一步说明：济水虽满，也不过半个车轮那么高；野鸡的鷕鷕呼唤，正是在求配偶呢。听着一声声的雉鸣，把她的心曲都给触动了。"雝雝鸣雁，旭日始旦"两句，作者进一步以景衬情，这幅和谐美妙的生活图景，正是她所追求、所向往的。下面两句，她就把心中的希望婉曲地吐露了出来：你如果有心娶我的话，就赶快趁河水冰封之前吧。最后一章说，自己并不是要乘船渡河，而是在此处等待着心上人的到来。

此诗在艺术上的特点是人物心理的刻画极为细腻。全篇都以女子独白的口吻来写，首章的设想与否定，次章的心事被触动，三章的内心独白，末章的原因交代，把一个女子在等待情人时的感情活动表现得富有层次，生动传神。这种感情既包含着等待的急切之心，又包含着等待的喜悦之意，这两种感情的交织，也就形成了全诗明快的节奏。尽管全诗都是女主人公的内心独白，但由于诗人采用了三言、四言、五言相杂的句式，同时还采用了"雝雝""招招"等叠字及"人涉卬否"的反复咏叹的形式，使得全诗富有变化，读起来抑扬顿挫，意味隽永。

（陈如江）

谷 风

习习谷风，以阴以雨。
黾勉同心，不宜有怒。
采葑采菲，无以下体。
德音莫违：及尔同死。

行道迟迟，中心有违。
不远伊迩，薄送我畿。
谁谓荼苦？其甘如荠。
宴尔新昏，如兄如弟。

泾以渭浊，湜湜其沚。
宴尔新昏，不我屑以。
毋逝我梁，毋发我笱。
我躬不阅，遑恤我后？

就其深矣，方之舟之；
就其浅矣，泳之游之。
何有何亡，黾勉求之。

凡民有丧，匍匐救之。

不我能慉，反以我为雠。
既阻我德，贾用不售。
昔育恐育鞫，及尔颠覆。
既生既育，比予于毒。

我有旨蓄，亦以御冬。
宴尔新昏，以我御穷。
有洸有溃，既诒我肄。
不念昔者，伊余来塈！

　　这是一首弃妇的诗。女主人公以"我"的口吻诉说被丈夫抛弃的不幸，谴责丈夫喜新厌旧的不道德行为。

　　全诗共六章，每章八句。首章申说夫妇理应"黾勉同心"的道理并提及丈夫昔日"及尔同死"的誓言，第二章叙述自己无故被抛弃的万分苦痛，第三章点出自己被抛弃的原因，第四章力陈被抛弃之无理，五、六两章指斥丈夫行为之卑劣并以其不念旧情违背誓言结尾，与首章遥相呼应。全篇结构完整，章法严密。

　　丈夫的无情和"我"的痴情在诗中构成了十分鲜明的对比。"我"笃守夫妻相处应"黾勉同心"的信条，在被休弃而离家时，

"行道迟迟",脚儿向前,内心却不忍别离,希望丈夫能回心转意。"我"甚至幻想丈夫能送自己一程,毕竟是夫妻恩爱过一场啊!就是在痛斥丈夫的变心之后,"我"仍然不能忘情地提及他说过的"惟我是爱"("伊余来塈")的话。而丈夫呢?却是那样的无情!在生活艰难的时候,他靠着"我"的辛劳度过困境,一旦日子好过了,竟喜新厌旧,断然将我抛弃。他全不念及夫妻的情分,见"我"走了,别说远送,甚至竟不肯跨出房门一步。可见,本诗对两个人物的描写反差极大,作者正是利用这个反差寄寓强烈的褒贬。诗中,丈夫的欢乐和"我"的痛苦,对比也极为鲜明。第二章"谁谓荼苦?其甘如荠。宴尔新昏,如兄如弟"和第六章"宴尔新昏,以我御穷",形象地告诉人们,丈夫新婚的欢乐就是建筑在弃妇无限痛苦的基础上的。

除了对比外,本诗还成功地运用了比喻的手法。开头的"习习谷风,以阴以雨"句,以风雨比喻丈夫的动怒;末章的"有洸有溃",用水的汹涌溃决比喻丈夫的暴戾,显出他翻脸不认人的凶狠无情。"采葑采菲,无以下体"二句,以葑、菲的根叶都可食用,不能取叶弃根,比喻丈夫对妻子不能只重容貌,不重德行,不能因妻子色衰就无情地抛弃。第四章中,"就其深矣,方之舟之;就其浅矣,泳之游之"是对后两句"何有何亡,黾勉求之"的比喻,以不论深浅都能从容渡河,说明不论难易都能竭心尽力地操持家务,显见女子之贤惠。至于弃妇以吃荼菜都觉得甘甜,形容自己苦不堪言,更是极形象极生动的比喻,能收到比直说远为强烈的艺术效果。

(洪本健)

简 兮

简兮简兮，方将万舞！
日之方中，在前上处。

硕人俣俣，公庭万舞。
有力如虎，执辔如组。

左手执籥，右手秉翟。
赫如渥赭，公言锡爵。

山有榛，隰有苓。
云谁之思？西方美人。
彼美人兮，西方之人兮！

　　这是一首恋歌。它深情赞美了在卫国"公庭"里表演"万舞"
的舞师，作者无疑是眷恋着舞师的一位女性。

　　全诗共四章，除末章六句外，前三章都由四句组成。首章描写
大型舞蹈即将开始的情景：时间是太阳当空的正午，灿烂的日光照
耀着表演"万舞"的队伍，舞师站在前排的头上，英姿飒爽，引人

注目。次章记叙武舞的场面，以"如虎"比喻舞师力大无比，气概非凡；以"如组"形容舞师手中缰绳整齐如一，见其模仿驾御动作之逼真。第三章推出文舞的镜头，舞师又是吹着乐器，又是挥着雉羽，直跳得脸儿通红。他体态刚健，技巧高超，他淋漓尽致的表演，得到公侯的称赏。末章是作者抒写自己对舞师的爱慕之情，先以"山有榛，隰有苓"起兴，引出自己所钟情的对象——舞师。接着，"云谁之思？西方美人"的设问突出了对居于周邑（在卫国西面）的舞师的怀念。然后，承以"彼美人兮，西方之人兮"二句，构成文字的回环之美，在反复的咏叹中诉说出自己对舞师的一片深情。

综观全诗，作者既重视舞师形象的刻画，又注意自身情感的抒发。前三章回忆舞师高大的形象、精彩的表演，在记叙中已融入由衷的钦佩和慕悦之情。末章用直接抒情的方式显示对心上人——舞师最挚烈的爱和不可抑止的相思。显然，采用回忆、记叙、抒情结合的写法，大大增强了这首诗歌的艺术感染力。

（洪本健）

北 门

出自北门，忧心殷殷。
终窭且贫，莫知我艰。
已焉哉！天实为之，谓之何哉！

王事适我，政事一埤益我。
我入自外，室人交遍谪我。
已焉哉！天实为之，谓之何哉！

王事敦我，政事一埤遗我。
我入自外，室人交遍摧我。
已焉哉！天实为之，谓之何哉！

　　这是一首小吏诉苦的诗。这位"仕不得志"的小吏，差事繁重，工作劳苦，生活贫困，又得不到家人的谅解，诉告无门，只得把满腔的愤懑和忧愁都倾注在诗中。

　　本诗采用第一人称的手法，抒情强烈而真切。诗的首章里，读者看到，"我"拖着疲乏的脚步，从北门出来，内心充满忧愁，像压着铅块一般沉重。生活是那样困苦，却没有人了解"我"的艰辛，"我"只能仰天长叹："已焉哉！天实为之，谓之何哉！"这是绝望的心声，是无可奈何的哀鸣。一个孤独无援、走投无路的小吏的形象呼之欲出。

二、三两章，紧扣首章的"莫知我艰"，展开"我"的诉说。"王事适我，政事一埤益我"和"王事敦我，政事一埤遗我"，是对"我艰"的渲染；而"室人交遍谪我"，"交遍摧我"，则是"莫知"的形象写照。"适我""益我""谪我""敦我""遗我""摧我"，这一气贯下的六个"我"字，充分道出了"我"的不幸和"我"内外碰壁、无法忍受的艰难处境。与首章一样，次章、末章的结尾都是"已焉哉！天实为之，谓之何哉"的强烈感叹，这既是"我"满腔悲愤和忧愁的抒发，又是"我"对遭受到的不公正对待的抗议。一唱三叹的诉说冲击着读者的心扉，人们不禁会想：一个小吏，生活尚且如此艰窘，那么无数被压榨的处在社会最底层的百姓过的又是怎样难熬的日子啊！ （洪本健）

北 风

北风其凉，雨雪其雱。
惠而好我，携手同行。
其虚其邪？既亟只且！

北风其喈，雨雪其霏。
惠而好我，携手同归。
其虚其邪？既亟只且！

莫赤匪狐，莫黑匪乌。
惠而好我，携手同车。
其虚其邪？既亟只且！

这是一首"刺虐"的诗，记叙卫国实行暴虐政治，百姓不堪忍受，相约逃离以避灾祸。首章"北风其凉，雨雪其雱"与次章"北风其喈，雨雪其霏"，描绘出极其愁惨的景象，以比喻国家的危乱将至。末章"莫赤匪狐，莫黑匪乌"，更展现出狐狸、乌鸦等怪物横行的场面，可见卫国统治者都是些为非作歹、残民以逞的货色。赤狐黑乌乃不祥之物，它们的出现预示着国家将趋于动乱和灭亡。

于是，诗人向友好的伙伴们发出"携手同行"的呼吁：走吧！大家赶快离开这块风雪肆虐、妖孽作怪的土地，一同投奔没有恐怖、没有祸患的他乡！诗歌的末尾写道："其虚其邪？既亟只且！"这里"虚"和"邪"分别是"舒"和"徐"的假借字，诗人急切地告诫人们：不能再犹豫徬徨、磨磨蹭蹭了，因为情况已十分紧急，灾难即将降临。全诗对暴虐恐怖的统治作了充分的揭露和无情的抨击，对黎民百姓的命运表现出深厚的同情和极度的关切，堪称讽刺时政、爱憎分明的佳作。

(洪本健)

静　女

静女其姝，俟我于城隅。
爱而不见，搔首踟蹰。

静女其娈，贻我彤管。
彤管有炜，说怿女美。

自牧归荑，洵美且异。
匪女之为美，美人之贻。

　　这是一首以男子的口吻写的活泼动人的情诗。全诗共三章。第一章写一位温柔美丽的姑娘约好跟"我"在城角相会，可是时候到了，她却故意藏起来不露面，急得"我""搔首踟蹰"。"踟蹰"是走来走去、犹豫徘徊的样子，"搔首"是抓头皮，不知如何是好，这两个动作把"我"未见到恋人而万分焦灼、心神不宁的情态，十分逼真地刻画了出来。此时，姑娘虽然尚未露面，但是从她故意逗人找寻的表现里，读者已可窥见她那天真的模样和调皮的神态。接着，二、三两章描绘"我"和恋人相会的情景。姑娘送给"我"亮光闪闪的"彤管"和郊外采来的嫩茅，这是饱含着她最真挚情意的信物啊，使"我"沉浸在无比的幸福之中。"我"反复赞叹信物之美，并道出了如此赞叹不已的原因："匪女（指信物）之为美，美人之贻。"是啊，在"我"的眼中，能有什么东西比恋人所赠的礼物更美呢！本诗不长，但生动地记叙了一对恋人幽会的经过，这是多么甜蜜的爱情生活的剪影啊！

（洪本健）

新 台

新台有泚，河水浼浼。
燕婉之求，蘧篨不鲜。

新台有洒，河水浼浼。
燕婉之求，蘧篨不殄。

鱼网之设，鸿则离之。
燕婉之求，得此戚施。

　　春秋时期，统治阶级的荒淫无耻是触目惊心的。卫宣公要为儿子伋娶个齐国姑娘做媳妇。可是，当他得知姑娘长得很美的时候，居然在黄河岸边筑了一座新台，把从齐国来的美女拦截下来，作为自己的妻室。卫国人民对宣公这一丑行无比厌恶，就作了这首诗予以辛辣的讽刺。

　　本诗是以齐女的口吻来写的。全诗共三章，每章四句。一、二两章以"新台有泚，河水浼浼"和"新台有洒，河水浼浼"起兴，富丽堂皇的新台和气势磅礴的河水引出了齐女对美满婚姻的期待，她想自己一定会嫁个容貌俊美、称心如意的郎君。然而，"燕婉之求"的结果，是"籧篨不鲜"和"籧篨不殄"，她竟碰上个丑八怪。这里由第三句到第四句的转折，极其有力，既嘲骂了其丑无比的卫宣公，又道出了齐女无限失望的心情。作者意犹未尽，在第三章里又写道："鱼网之设，鸿则离之。""离"通"罹"，附着的意思，这两句说，没料到撒下鱼网，竟获得个癞蛤蟆。"燕婉之求，得此戚施"，"戚施"亦即蛤蟆。诗的末尾仍重复前面的意思，强调齐女的失望，尽情地挖苦并狠狠地鞭挞了无耻至极的卫宣公。"籧篨""戚施"的形象比喻，表达了人民对荒淫无道的国君的强烈憎恶，大大增强了本诗的讽刺力量。

（洪本健）

墙 有 茨

墙有茨，不可埽也。
中冓之言，不可道也。
所可道也，言之丑也。

墙有茨，不可襄也。
中冓之言，不可详也。
所可详也，言之长也。

墙有茨，不可束也。
中冓之言，不可读也。
所可读也，言之辱也。

　　卫宣公贪恋美色，筑新台，劫娶儿子的聘妻齐女宣姜。卫宣公死后，他的庶长子顽又与身为"君母"的宣姜私通。统治阶级的乱伦、淫秽，真是不堪入目。这首诗就是讽刺他们的这种丑行。

　　"墙有茨"，是说墙上种着蒺藜，这是用以防闲内外的，因此"不可埽（扫除）""不可襄（除去）""不可束（除尽）"都隐含有卫国宫廷的丑闻不可外传的意思。这样，诗中三章的开头已形象地暗示了统治者淫乱的消息。紧接着，"中冓之言，不可道也"、"不可详也"与"不可读也"，明确地告诉人们宫闱内部的淫言秽语是说不出口的。这里，"道"是一般地说，"详"是细细地讲，"读"是张扬开来，意思上有所递进，越来越强调统治者干的丑事见不得阳光。末尾"言之丑""言之长""言之辱"，进一步抨击那些表面上冠冕堂皇而暗地里尽干丑事的无耻贵族。作者通过复叠的章法，一而再、再而三地揭露卫国统治阶级的丑恶，足以使这群丑类羞得无地自容！

（洪本健）

君子偕老

君子偕老，副笄六珈。

委委佗佗，如山如河。

象服是宜，子之不淑，云如之何！

玼兮玼兮，其之翟也。

鬒发如云，不屑髢也。

玉之瑱也，象之揥也，扬且之皙也。

胡然而天也？胡然而帝也？

瑳兮瑳兮，其之展也。

蒙彼绉绤，是绁袢也。

子之清扬，扬且之颜也。

展如之人兮，邦之媛也。

　　齐女宣姜本是卫宣公之子伋的聘妻，被宣公截娶。宣公死后，她又和宣公庶长子顽私通。以"君母"之尊，却干出如此见不得人的丑事，为卫国人民所嗤笑，他们作了这首诗讽刺她。

　　全诗分三章。首章七句，写宣姜的威仪和她的行为极不相称。

开头曰"君子偕老","君子"指卫宣公,"偕老"言相亲相爱,白头到老,这四个字对淫乱的宣姜就是莫大的讽刺。接着,"副笄六珈"写宣姜华丽贵重的装饰,"委委佗佗"写她从容潇洒的体态,"如山如河"形容她端庄稳重有涵养,"象服是宜"说她穿上王后的画袍很合适。但是,美丽的外表遮盖不了肮脏的灵魂,作者很感慨地说:"子之不淑,云如之何!"从而无情地戳穿了宣姜的面目,揭露了她"不淑"的本质。

次章和末章极力渲染宣姜神女般的容貌,仍是以其外表之美丽反衬其内心之丑恶。次章九句,描绘严妆的宣姜:先是惊叹她的礼服鲜艳耀眼,接着形容她的黑发犹如乌云,再写她的宝玉耳瑱和象牙簪子等饰物精美而珍贵,最后刻画她白皙俊俏的脸庞,并发出莫非天仙下凡的赞叹。末章八句,摹画淡妆的宣姜:写她内衣外面是又轻又细的纱衣,再罩上薄如蝉翼的绉纱,显现出素雅洁净的动人之美;她眉清目秀,简直是倾国倾城的绝代佳人。显然,作者越是以丽辞写其外貌之姣好、身份之高贵,就越是反衬出其行为之丑陋、心灵之龌龊。

《君子偕老》不是疾言厉色地抨击宣姜的无耻,而是寓深刻的讽刺于似乎是赞美的诗句中,表现出很高的艺术技巧,故欧阳修说:"诗人之意,责之愈切,则其言愈缓,《君子偕老》是也。"(《论尹师鲁墓志》)

(洪本健)

桑 中

爰采唐矣？沫之乡矣。
云谁之思？美孟姜矣。
期我乎桑中，要我乎上宫，
送我乎淇之上矣。

爰采麦矣？沫之北矣。
云谁之思？美孟弋矣。
期我乎桑中，要我乎上宫，
送我乎淇之上矣。

爰采葑矣？沫之东矣。
云谁之思？美孟庸矣。
期我乎桑中，要我乎上宫，
送我乎淇之上矣。

　　这是一首描写相慕悦的男女订期会面的情歌，是以男子的口吻写的。全诗分三章，记叙他们多次的密约相会，抒发他们热恋中的真挚感情。

　　诗歌的前四句以自问自答的形式出之，显得十分活泼。如首章问："到哪里去采集女萝呀？"答："到朝歌城的郊外去。"接着又问："心中想的是谁呀？"回答说："是那美丽的孟姜。"两问两答中洋溢着轻松愉快的气氛，也可见甜蜜的爱情给男子带来无限的欢乐。二、三两章，句式与首章相同，不过地点由"沬之乡"换作"沬之北""沬之东"，人名由"孟姜"变为"孟弋""孟庸"，这是泛指约会的地点和人物，并非写三人三事。各章的末三句都是写女子在"桑中"等"我"，并邀"我"到"上宫"去，分别时一直送"我"到淇水边，体现出她对"我"这个意中人的一片深情。

　　全诗节奏明快，气氛活跃，抒情热烈，格调健康。旧时谓此诗"刺奔""刺淫"，没有根据。三章的句式一样，前四句用字略有更换，后三句完全相同，有变又有所不变，如方玉润所说，"章法板中寓活"。

（洪本健）

载 驰

载驰载驱，归唁卫侯。
驱马悠悠，言至于漕。
大夫跋涉，我心则忧。

既不我嘉，不能旋反。
视尔不臧，我思不远。
既不我嘉，不能旋济。
视尔不臧，我思不闷。

陟彼阿丘，言采其蝱。
女子善怀，亦各有行。
许人尤之，众稺且狂。

我行其野，芃芃其麦。
控于大邦，谁因谁极？

大夫君子，无我有尤。
百尔所思，不如我所之。

《左传·闵公二年》："许穆夫人赋《载驰》。"据此，许穆公夫人当是此诗的作者。史载，卫宣公夫人宣姜与庶长子顽私通而生下齐子、戴公、文公、宋桓夫人与许穆夫人。在兄弟姐妹中，许穆夫人年纪最小，但有着很强烈的爱国心。据刘向《列女传·仁智篇》记载，卫懿公打算把她嫁给许穆公。她却认为，在许穆公和齐桓公都来求婚的情况下，与齐国联姻，对卫国有利。她叫人转告懿公说："许小而远，齐大而近。若今之世，强者为雄。如使边境有寇戎之事，惟是四方之故，赴告大国，妾在，不犹愈乎？"可见她关心祖国的安危，而且很有政治眼光。然而懿公没有听从她的意见，把她嫁到了许国。后来，卫国亡于狄，懿公战死，国人逃散。在宋国的帮助下，卫国遗民在漕邑得到安顿，许穆夫人的哥哥卫戴公立为新君。不久，戴公去世，其弟文公继位。许穆夫人闻讯，当即奔赴漕邑，吊唁兄长，并提出联齐抗狄的主张而被文公采纳。由于齐桓公出兵援助，卫国终于得以复国。此诗即作于她抵达漕邑的时候。当时，许穆夫人的举动，曾遭到许国当政者的反对，一些许国大夫在许穆夫人抵达漕邑后，赶来阻拦和抱怨她，这使许穆夫人深感气愤，于是写下了这首诗。

诗歌一开头就展现出对祖国高度热爱的诗人的自我形象。获悉卫国遭难，诗人心急如焚，"载驰载驱"地赶到漕邑。虽然许国大夫的阻挠使她郁郁不快，但她决不向无理的反对者屈服。在"既不我嘉"以下八句里，诗人理直气壮地声称自己目光长远，思虑谨慎，批评大夫们别无良策，却对自己的行为横加干扰。"陟彼阿丘，言采其虻"，诗人叙述自己在烦闷之际，登上高高的山冈，采摘贝母，以解愁肠。"女子善怀，亦各有行"，她承认自己作为女子多愁善感，但强调自有道理和主张，斥责那些喋喋不休地埋怨自己的许国大夫幼稚而又狂妄。"我行其野，芃芃其麦"，走在祖国的田野上，那一阵阵翻滚的麦浪，激起了诗人深厚的爱国之情，她想到要赶紧向大国求援，以拯救危难中的祖国。在诗歌的末尾，诗人呼吁许国的当政者们莫再阻拦自己，她充满自信地宣告："百尔所思，不如我所之！"她藐视那些反对者，坚持走自己认定的路。这是一个多么坚强而有主见的女性啊！

　　作为我国早期女诗人的作品，《载驰》笔调细腻而挥洒自如。诗中既有生动的记叙，又有雄辩的说理，更有浓烈的抒情，它道出了诗人爱国主义的心声，体现出巾帼不让须眉的英雄气概。

（洪本健）

硕　人

硕人其颀，衣锦褧衣。
齐侯之子，卫侯之妻。
东宫之妹，邢侯之姨，谭公维私。

手如柔荑，肤如凝脂。
领如蝤蛴，齿如瓠犀。
螓首蛾眉，巧笑倩兮，美目盼兮。

硕人敖敖，说于农郊。
四牡有骄，朱幩镳镳，翟茀以朝。
大夫夙退，无使君劳。

河水洋洋，北流活活。
施罛濊濊，鳣鲔发发，葭菼揭揭。
庶姜孽孽，庶士有朅。

　　这是一首赞美卫庄公夫人庄姜的诗。《左传·隐公三年》载：
"卫庄公娶于齐，东宫得臣之妹，曰庄姜。美而无子，卫人所为赋

《硕人》也。"

本诗共四章，每章各七句。第一章陈述庄姜出身之高贵。诗人先以"硕人其颀"两句写她细长苗条的身材和出嫁途中的装束。接着连用五句交代她的身份。"齐侯之子"以下四句排比，一气道出了庄姜那地位尊贵的父亲、夫君、兄长和姐妹；"谭公维私"写其妹婿亦为公侯，但句式变化，不仅使首章收束有力，而且显现出笔调的参差之美。

第二章刻画庄姜容貌之秀美。诗人连用四个巧妙的比喻，构成排比，描述庄姜柔嫩的双手、光润的皮肤、洁白的颈子和整齐的牙齿；又以"螓首蛾眉"一句形容她方正的前额和弯弯的眉毛。如果说这些外观的描写已完成了一幅美人的图画，那么"巧笑倩兮，美目盼兮"这神态逼真、情意动人的勾勒，尤如画龙点睛之笔，使纸上的美人活了，仿佛从画中走了出来。

第三章描写庄姜初嫁之情景。"硕人敖敖，说于农郊"，言庄姜车驾来临，在近郊休息。"四牡有骄，朱幩镳镳"，叙驾车的四匹公马十分雄壮，街边的红绸迎风飘展。在都城里，庄姜乘了装饰着雉羽的华车去和卫君相会。"大夫夙退，无使君劳"，说臣子们早早告退，以便让国君休息，去陪伴新婚的庄姜。

第四章叙说庄姜随从之众多和健美。"河水洋洋"二句写黄河北流，气势不凡。庄姜由齐至卫，必须西渡黄河，故此章借河水以起兴。继而，诗人写活蹦乱跳的网中鱼群和高高成排的岸边芦苇以形容庄姜出嫁时随从之盛。"庶姜孽孽，庶士有朅"，诗人最后以感叹陪嫁女子的修长美丽和随行媵臣的威武雄壮结束全诗。

本诗对"硕人"形象的生动刻画颇得力于铺陈和烘托手法的运用。第一章叙庄姜出身尊贵，连用五句作铺陈描写，从她的父亲直说到妹婿。第二章写庄姜的美貌更极尽铺叙之能事，从双手、肌肤等直写到酒窝和眼神。淋漓尽致的铺叙丰满了人物的形象。在卫国，庄姜是个有口皆碑的贤者。本诗虽不露一个"贤"字，但通过对庄姜阀阅之尊、容貌之美、车服之盛、随从之多等等描写，从各个方面尽情地加以烘托，使人觉得庄姜之贤已在不言之中。

（洪本健）

氓

氓之蚩蚩，抱布贸丝。
匪来贸丝，来即我谋。
送子涉淇，至于顿丘。
匪我愆期，子无良媒。
将子无怒，秋以为期。

乘彼垝垣，以望复关。
不见复关，泣涕涟涟；
既见复关，载笑载言。
尔卜尔筮，体无咎言。
以尔车来，以我贿迁。

桑之未落，其叶沃若。
于嗟鸠兮，无食桑葚！
于嗟女兮，无与士耽！
士之耽兮，犹可说也；
女之耽兮，不可说也！

桑之落矣，其黄而陨。
自我徂尔，三岁食贫。
淇水汤汤，渐车帷裳。
女也不爽，士贰其行。
士也罔极，二三其德。

三岁为妇，靡室劳矣；
夙兴夜寐，靡有朝矣。
言既遂矣，至于暴矣。
兄弟不知，咥其笑矣。
静言思之，躬自悼矣。

及尔偕老，老使我怨。
淇则有岸，隰则有泮；
总角之宴，言笑晏晏。
信誓旦旦，不思其反。
反是不思，亦已焉哉！

    这是一首抒情浓烈的叙事诗，通过女主人公的自述，展现了她和"氓"恋爱、结婚至被"氓"遗弃的全过程，塑造出两个美丑分明的人物形象，揭露了春秋时期男女不平等的黑暗现实，表现了作者对封建夫权制的牺牲品——妇女的不幸命运的深切同情。

诗中的女主人公是忠于爱情的，初恋时的"送子涉淇"，见情比水深；热恋中的"泣涕"与欢笑，见感情之挚烈；出嫁后，"三岁食贫"，任劳任怨，见对爱情专一，毫不动摇。相形之下，"氓"是那样的伪善、卑劣。求婚时，脸上是"蚩蚩"的忠厚模样，还说占卜预示着婚后将有幸福的生活，以虚情假意骗得了姑娘的信任。"信誓旦旦"，言犹在耳，可是一结婚，他就撕掉了假面具、露出了凶暴的嘴脸，从虐待妻子直至无情地休弃了她。"女也不爽"、始终如一和"氓"的"二三其德"、始乱终弃形成了十分鲜明的对比。以两渡淇水的细节描写而言，一次是女子送"氓"过河，"至于顿丘"，情深意笃；一次是"氓"赶走妻子，让她孤身凄凉地过河回家，薄情至极。本诗就是这样在美与丑、正与邪、诚实与狡猾、善良与凶狠的反复对比中，展现并歌颂了女主人公的高尚品德，暴露并鞭挞了"氓"的丑恶灵魂。

诗运用第一人称的写法，由女主人公诉说其婚姻之不幸，细致动人地展示出人物的心理。在表现人物的内在情感时，作者注重叹辞和呼告手法的使用。如"于嗟鸠兮"以下八句，连用了两个"于嗟"、四个"兮"和两个"也"字。主人公以向自己的女伴或年龄相仿的姑娘发出呼告的方式，倒出了自己的一腔苦水，劝她们在恋爱婚姻方面要谨慎从事，切勿掉以轻心。"三岁为妇"以下八句，主人公叙述自己的勤劳和丈夫的变心，对"氓"的以怨报德无比愤慨；又叙述兄弟不仅不予同情，反加嘲笑，使自己悲怆欲绝。这里，接连用了六个"矣"字，包含着主人公多少的苦痛和怨恨啊！末尾又是呼告，作者把无耻的"氓"拉到被告席上，让他接受女子无情的揭露和痛斥。"总角之宴，言笑晏晏。信誓旦旦，不思其反"等语，是对"氓"这个衣冠禽兽的严厉谴责。

在刻画人物形象、表现人物心理上，此诗出色地运用了比喻的手法，收到了强烈的艺术效果。如"桑之未落，其叶沃若"形容女子年轻貌美，充满青春的活力；"桑之落矣，其黄而陨"，暗示女子在"三岁食贫"的日子中，在"夙兴夜寐"的操劳下，容貌顿衰。两个比喻又构成了前后的对比，寄寓着作者对主人公命运的同情。"淇则有岸，隰则有泮"，以汤汤淇水亦有边际反喻主人公生活在无涯的苦海之中，生动地反映出弃妇无穷的哀怨和无尽的愁思。

（洪本健）

河 广

谁谓河广？一苇杭之。
谁谓宋远？跂予望之。

谁谓河广？曾不容刀。
谁谓宋远？曾不崇朝。

　　卫国在戴公未迁往漕邑之前，都城设于朝歌，和宋国仅仅隔着一条黄河。本诗当是侨居卫国的人思念家乡的作品。

　　全诗极言黄河不广，宋国不远，回乡不难。为了强调这个意思，短短的八句由四组设问构成，在"谁谓河广""谁谓宋远"的发问之后，作者自己作了干脆利落的回答。"一苇杭之"，"杭"通"航"，说一条苇筏就能渡过河去；"跂予望之"，说踮起脚跟就能望见宋国；"曾不容刀"，"刀"指小舟，黄河竟容不下一叶扁舟，见其狭而易渡；"曾不崇朝"，"崇"是"终"的意思，说明一个早上就能到达对岸。既然如此，为何不渡过河去，以解思念之渴呢？看来有种种限制，使侨居者归国返乡未能如愿。诗人极写过河之易，正是用以反衬成行之难，见故国近在咫尺而难以归去的痛苦。蕴含于设问句中的接二连三的慨叹，充分抒发了侨居者终日萦回脑际而难以抑制的思乡之情。

（洪本健）

伯 兮

伯兮朅兮，邦之桀兮。
伯也执殳，为王前驱。

自伯之东，首如飞蓬。
岂无膏沐？谁适为容！

其雨其雨，杲杲出日。
愿言思伯，甘心首疾。

焉得谖草，言树之背？
愿言思伯，使我心痗！

这首诗写一位妇人深情思念远征的丈夫。诗中以妇人的口吻赞颂她的丈夫是保卫国家的英雄，他手执兵器，为国君担任先锋。在感到自豪的同时，她并不掩饰长期折磨自己的相思之苦。诗中惟妙惟肖地刻画了妇人的心理活动，抒写她对丈夫的刻骨铭心的想念：自从丈夫随王东征以后，她就无心美容，以至头发散乱，有如"飞蓬"；就像盼着下雨却老是晴天一样，她盼着亲人归来却总是落空，然而，即使因苦苦思念而头痛不止，她也心甘情愿；她知道世上找不到忘忧草，却不自我宽慰，仍念念不忘亲人，以至忧思成病。方玉润在《诗经原始》中评论上述的描写说："始则'首如飞蓬'，发已乱矣，然犹未至于病也。继则'甘心首疾'，头已痛矣，而心尚无恙也。至于'使我心痗'，则心更病矣，其忧思之苦何如哉！"确实，紧扣"思"字展开层层递进的描写，是本诗富于艺术感染力的重要原因。

（洪本健）

黍 离

彼黍离离，彼稷之苗。
行迈靡靡，中心摇摇。
知我者谓我心忧，不知我者谓我何求。
悠悠苍天，此何人哉！

彼黍离离，彼稷之穗。
行迈靡靡，中心如醉。
知我者谓我心忧，不知我者谓我何求。
悠悠苍天，此何人哉！

彼黍离离，彼稷之实。
行迈靡靡，中心如噎。
知我者谓我心忧，不知我者谓我何求。
悠悠苍天，此何人哉！

　　《诗序》认为《黍离》是东周大夫出行至旧都镐京，见宗庙宫室毁为平田，遍种黍稷，极度感伤而写下的。因此历来文人视此为悲悼故国、凭吊前朝的代表作，"故宫黍离"也成了一个为人常用的典故。但我们仔细品味这首诗，似无凭吊故国之意。诗中反映的，只是一种漂泊失意者的悲叹。

"彼黍离离，彼稷之苗"，诗歌以"我"所见到的路旁的庄稼起兴，写黍子十分茂盛，高粱的苗儿一片绿油油。农作物的生机勃勃反衬出"我"的忧心忡忡，"行迈靡靡，中心摇摇"，以直接的描述，表现"我"之无精打采，步履维艰，内心充满了愁闷。如此窘困潦倒，将会遭到旁人怎样的看待呢？"知我者谓我心忧，不知我者谓我何求"，则通过旁人对"我"的态度而烘托自己深深的悲愁，"不知我者"对"我"的不理解更加深了"我"的忧郁，于是激起了无限的悲慨："悠悠苍天，此何人哉！""我"不由悲愤万分地向老天呼喊："是谁害得我落到这步田地！"一章之中，以景起兴，然后通过对人的动态心情的刻画，最后达到情感的高潮，呼天抢地，恻恻感人，体现了"诗人什篇，为情而造文"（《文心雕龙·情采》）的特征。

诗共三章，每章八句，除了第二句与第四句的几个字眼有所不同外，三章完全一样。通过反复慨叹，淋漓尽致地抒发了"我"四处徘徊不知所归的极度悲哀的心情。前后三章里，高粱先是抽"苗"，继而长"穗"，最终结"实"，暗写时间的推移，见"我"的漂泊无休无止。而"我"的心情，从"摇摇"（同"愮愮"，意为忧而无告，形容内心愁闷）到"如醉"（像醉酒一样烦乱），再发展到"如噎"（透不过气来），这反映了感情的逐步递进，也道出了他痛苦的心声。

（洪本健）

君子于役

君子于役，不知其期。
曷至哉？鸡栖于埘，
日之夕矣，羊牛下来。
君子于役，如之何勿思！

君子于役，不日不月。
曷其有佸？鸡栖于桀，
日之夕矣，羊牛下括。
君子于役，苟无饥渴。

周代，无休止的战争和劳役是压在劳动人民身上的沉重负担。有多少丈夫告别自己的妻子，奔赴远方服役；又有多少妻子翘首以待，盼望丈夫早日归家团圆。《君子于役》所描绘的，就是这样一种社会现实。

诗以农妇自述的口吻，传达出她的内心活动，感情朴素而真挚。"君子于役，不知其期"与"不日不月"，说明她已经等待很久了。"曷至哉"与"曷其有佸"，反映了她急切地盼望丈夫回家团聚的心情。"日之夕矣"前后三句，是情景交融的动人描写。远处，太阳下山，暮霭一片，近处牛羊下坡，鸡儿进窝，按理出门的人儿也该回来了，然而服役在外的丈夫仍久久不归。此情此景，不能不使人们对望眼欲穿地盼夫归来的农妇寄以深切的同情。作者选取夕阳西下的黄昏时刻，来抒写孤独的农妇对远方的丈夫的怀念，可以说是很有艺术眼光的。久盼而落空的农妇，感到无限的怅惘和寂寞，在诗歌的末尾，她以"如之何勿思"直接道出了自己对丈夫强烈的思念，又以"苟无饥渴"之语表达了对丈夫无微不至的关切。方玉润在《诗经原始》中评此诗曰："傍晚怀人，真情真境，描写如画。晋、唐人田家诸诗，恐无此真实自然。"应该说，"真实自然"确是这首诗最显著的特色。

（洪本健）

将 仲 子

将仲子兮，无逾我里，无折我树杞。
岂敢爱之？畏我父母。
仲可怀也，父母之言，亦可畏也。

将仲子兮，无逾我墙，无折我树桑。
岂敢爱之？畏我诸兄。
仲可怀也，诸兄之言，亦可畏也。

将仲子兮，无逾我园，无折我树檀。
岂敢爱之？畏人之多言。
仲可怀也，人之多言，亦可畏也。

在封建礼教的束缚下，我国古代妇女没有人身自由，没有选择配偶的权利，她们的婚姻取决于"父母之命，媒妁之言"，不能爱所爱之人，而只能"嫁鸡随鸡，嫁狗随狗"，这是多么痛苦和不幸啊！本诗所描写的女子，正是千千万万被剥夺了恋爱和婚姻自由的女性中的一个。

诗歌是以女子的口吻来写的，细致地刻画出了一个面临爱情和礼教尖锐冲突的女子的复杂心理。"将仲子兮，无逾我里，无折我树杞。"首章的开头，即用呼告的方式，叮嘱情人切勿爬过墙头、碰伤墙边的树枝前来相会，这反映出女子担心私情暴露的紧张和不安。她怕恋人误会，随即解释道："岂敢爱之！畏我父母。"碰伤树枝没有什么可惜，只是怕父母知道。一个"畏"字揭出了女子无法抗拒礼教威压的实情。然而，她毕竟爱着自己的恋人呀，所以又接着说，"仲可怀也"。"怀"字用得极妙，既是对情人的安慰，又是自己忠贞爱情的表白，只是因为父母之言可畏，所以只能把思念之情深藏在心底。二、三两章是首章的复迭，指出自己所害怕的，还有"诸兄之言"和"人之多言"，再三申说了家教和舆论对自己所构成的可怕压力。这是多么窒息人的社会啊！一个年轻的女子，尽管充满着爱的欲望，燃烧着爱的激情，但却丧失了爱的自由，被剥夺了爱的权利！本诗正是通过对这样一位女子既爱情人又拒绝他前来相会的痛苦不安心情的细腻描写，有力地控诉了旧礼教摧残人性的罪恶。

（洪本健）

女曰鸡鸣

女曰鸡鸣，士曰昧旦。
子兴视夜，明星有烂。
将翱将翔，弋凫与雁。

弋言加之，与子宜之。
宜言饮酒，与子偕老。
琴瑟在御，莫不静好。

知子之来之，杂佩以赠之！
知子之顺之，杂佩以问之！
知子之好之，杂佩以报之！

这是一首写家庭幸福生活的诗。全诗共三章。首章系黎明时床榻之上的对话。天将拂晓，妻子催丈夫早起，说鸡已叫了。丈夫贪恋衾枕，推说时间还早。妻子进一步催促他，告诉他启明星已亮灿灿地出现在东方。丈夫于是说，他要到野外去猎些野鸭与大雁。第二章紧承首章以妻子的口吻进一步写夫妇间的和乐。妻子表示要把丈夫猎到的野鸭和大雁作精心的烹调，共同饮酒，祝愿白头偕老。末章写丈夫的答谢，他要用杂佩来赠给殷勤温顺的妻子。这首诗通篇都用对话写成，通过个性化很强和极为生动的对话构成了短小精悍的故事情节，同时塑造了情态互异的男女主人公形象。诗的一开头就是妻子唤醒丈夫的声音，妻子勤劳的形象便立现在读者面前。当丈夫因贪睡而不愿起床时，妻子又好言相劝。丈夫听了妻子的一番话，更加感受到她对自己的体贴关怀、温顺和爱怜，于是便赠以杂佩来报答她。这整首诗就是一个完整的小故事，妻子的贤良淑慧和丈夫的憨厚真诚，都是通过富有人物个性特征的对话来表现的。用对话来写诗，这对后世诗歌创作产生了很大影响。

　　同时，这首诗还通过对话表现了浓厚的生活情趣。夫妻的枕旁私语，这是家庭生活的一个极小的侧面，然而作者却写得那样细腻真切，生动鲜明，无怪前人称其是"脱口如生，传神之笔"（《诗义会通》）。方玉润还认为此诗是"中正和乐之音，堪与《关雎》《葛覃》为配"，"鼎足而三"（《诗经原始》）。可见，和睦美满的家庭，自来是为人称羡的。

（马煦增）

出其东门

出其东门，有女如云。
虽则如云，匪我思存。
缟衣綦巾，聊乐我员。

出其闉阇，有女如荼。
虽则如荼，匪我思且。
缟衣茹藘，聊可与娱。

这是一首情诗，诗人自白对妻子忠贞不二的感情。诗共两章，后章是前章的反复。

东门，系当时郑国都城的交通要道，师旅之屯聚，宾客之往来，无不由此门进出。东门之外，是人们踏青修禊之地。在一个仲春时节，优美动人、风光旖旎的大自然景色吸引着无数的游人。诗人趁兴步出东门，首先映入眼帘的是如流云之多、如荼花之美的游春女子。面对这么多妖娆艳冶的游春女，诗人并没有忘乎所以而去寻芳逐艳。他清醒地意识到，这些如云如荼之女，非我思念之所在，唯有家中那位"缟衣綦巾"（白衣配着绿围腰）的质朴的妻子，才是占据我心怀的人啊。当时的郑国，在恋爱婚姻方面的习俗是比较纷乱的，反映在诗中，则"淫奔之诗已不翅七之五"（见朱熹《诗集传》）。这首郑风所表现的对爱情的专贞，无疑赞美了这种高尚的情操。故朱熹曾云："此诗却是个识道理人做。郑诗虽淫乱，然此诗却如此好。"（《朱子语类》）。

在诗中，诗人虽然没有对自己的妻子作直接的描绘，但我们读完此诗，在眼前会很自然地浮现出她那心灵貌美的形象。这一艺术效果的获得，是在于诗人采用了"背面敷粉"的手法。所谓背面敷粉，就是刘熙载所说的"正面不写写反面，本面不写写对面、旁面"（《艺概》）。诗中，诗人写妻子貌美，是通过"虽则如云，匪我思存""虽则如荼，匪我思且"的映衬，让读者在与"如云""如荼"的女子的比较中想象她的美。这种要凭借想象去感受的美，当然是无限度的美了。诗人写妻子心灵，则通过"缟衣綦巾，聊乐我员""缟衣茹藘，聊可与娱"的侧写衬托而出。闻一多曾云："缟衣綦巾，女服之贫陋者。"（《风诗类钞》）一方面，素俭的服饰标志出妻子纯朴娴静的品格；另一方面，一个清寒的女子能始终令诗人倾心相爱、一往情深，也正揭示出其心灵美所显示的魅力。诗人采用这一艺术手法，既省略了许多正面直述的笔墨，又增加了读者寻味的余地，故令人有咀嚼不尽之感。

（陈如江）

伐　檀

坎坎伐檀兮，置之河之干兮，
河水清且涟猗。
不稼不穑，胡取禾三百廛兮？
不狩不猎，胡瞻尔庭有悬貆兮？
彼君子兮，不素餐兮！

坎坎伐辐兮，置之河之侧兮，
河水清且直猗。
不稼不穑，胡取禾三百亿兮？
不狩不猎，胡瞻尔庭有悬特兮？
彼君子兮，不素食兮！

坎坎伐轮兮，置之河之漘兮，
河水清且沦猗。
不稼不穑，胡取禾三百囷兮？
不狩不猎，胡瞻尔庭有悬鹑兮？
彼君子兮，不素飧兮！

　　这是一首伐木工人的歌。一群工匠在河边给奴隶主砍伐檀树，制造车子。他们望着清清的河水，联想到奴隶主不种庄稼不打猎，却占有大量财富，过着不劳而获的寄生生活，心中非常气愤，于是唱起了这"饥者歌其食，劳者歌其事"的歌。这首诗是《诗经》中的名篇，以激昂的感情，表达了工匠们对奴隶主的憎恨和反抗的精神，所以两千多年来，一直为广大人民群众所喜爱。

　　《伐檀》的艺术魅力，主要表现在以下几个方面：

　　第一，诗人在叙事中饱含着仇恨与愤怒的感情。诗歌开头三句写伐檀造车的艰辛劳动，"河水清且涟猗"一句，以河水掀起波浪烘托工匠们不平静的反抗情绪。诗的第二层就质问奴隶主："不稼不穑，胡取禾三百廛兮？不狩不猎，胡瞻尔庭有悬貆兮？"用这样的排句质问剥削者，犹如一发发重型炮弹，一一击中其要。诗的第三层用了反语，"彼君子兮，不素餐兮"，这是画龙点睛之笔，表面看来，似乎很委婉，但是柔中有刚，是对统治者既巧妙又有力的讽刺。

　　第二，融写景、叙事和议论于一体。涵泳此诗，工匠们叮咚伐木之声可闻，排列整齐的木材、泛着波浪的清水可见。紧接着的反诘，在叙事过程中道出了胸中的块垒。最后两句议论，留下不尽的余思。

　　第三，为了抒发感情的需要，诗人采用了长短不齐的杂言句，有四言、五言、六言和七言多种句式。这种灵活多变的句式，更有利于自由地抒发作者的感情。读着这首诗，我们好像听到了伐木工人们你一句、我一句对不劳而获者的讽刺和揭露，而且生动传神。

　　《诗经》是我国讽刺文学的滥觞，而《伐檀》则以其战斗的思想内容和感人的艺术魅力给后世文学以巨大的影响。　　　　（马煦增）

硕 鼠

硕鼠硕鼠，无食我黍！
三岁贯女，莫我肯顾。
逝将去女，适彼乐土。
乐土乐土，爰得我所！

硕鼠硕鼠，无食我麦！
三岁贯女，莫我肯德。
逝将去女，适彼乐国。
乐国乐国，爰得我直！

硕鼠硕鼠，无食我苗！
三岁贯女，莫我肯劳。
逝将去女，适彼乐郊。
乐郊乐郊，谁之永号！

《硕鼠》和《伐檀》都是产生于魏地的民歌，又都是反抗剥削压迫的诗，历来被看作是同根并蒂的姊妹篇。但《硕鼠》用比，对剥削者的态度也由《伐檀》的质问和讽刺，发展到了"逝将去女"的反抗。

《毛诗序》说："《硕鼠》，刺重敛也。国人刺其君重敛，蚕食于民，不修其政，贪而畏人，若大鼠也。"这种说法基本可信。但是，"硕鼠"当指以魏君为代表的整个奴隶主统治集团，不只是魏君一人。因为《硕鼠》刺的是整个奴隶主阶级和他们的残酷剥削，所以这首诗很富有典型意义。

全诗共三章，结构相同。每章八句，每两句是一层意思。头两句形象地把剥削者比作大老鼠，并以命令的口吻发出警告："无食我黍"，"无食我麦"，"无食我苗"。陈子展先生解释说："硕鼠性贪而食黍"，"食黍未足又食麦"，"食麦未足复食苗。苗者，禾方树而未秀者也。食至于此，其贪残甚矣"！（《诗经直解·卷九》）陈先生的解释既生动又形象，突出了民歌重唱的感人力量。三、四两句是"无食我黍"的原因，揭露了剥削者的贪婪和残忍，尖锐地提出了谁养活谁的问题。这种认识出现在私有制的早期，标志着劳动者的觉醒。这正是此诗的深刻含义所在。五、六句写劳动者决计以逃离来反抗剥削和压迫，这比《伐檀》中用反话来责问和讽刺剥削者要尖锐多了。"逝将去女，适彼乐土"，这两句表现了对主子们的蔑视、决绝和势不两立，也是对黑暗现实的勇敢挑战。最后两句表现了对理想社会的向往，虽然这理想的"乐土"是乌托邦式的幻想，但千百年来这一直是被压迫者所向往的。

《诗经》中全篇用"比"来写的诗不多，《硕鼠》是这不多的篇章之一。全诗以鼠喻人，愤怒地揭露了剥削者的贪婪嘴脸以及他们的凶残本性。此篇中的"硕鼠",即《伐檀》中那帮"不稼不穑"、"不狩不猎"、不劳而获、坐享其成的人。把这些人比作大老鼠,既恰当、贴切,又增强了诗的感染力和说服力。本篇基本上是现实主义的诗歌,但每章诗的结尾,都有对"乐土""乐国""乐郊"的憧憬,从而增添了浪漫主义的色彩,使思想感情的表达,更加强烈,更加感人。

(马煦增)

蒹　葭

蒹葭苍苍，白露为霜。
所谓伊人，在水一方。
溯洄从之，道阻且长。
溯游从之，宛在水中央。

蒹葭凄凄，白露未晞。
所谓伊人，在水之湄。
溯洄从之，道阻且跻。
溯游从之，宛在水中坻。

蒹葭采采，白露未已。
所谓伊人，在水之涘。
溯洄从之，道阻且右。
溯游从之，宛在水中沚。

在《秦风》里，真正算得上爱情诗的只有这首《蒹葭》，但它所写的只是一位恋人的单相思而已。

这首诗写一个秋天的清晨，一位年轻的男子寻觅意中人的情景。水边长满了茂密的芦苇，芦叶萧萧，荻花苍苍，秋天的露水落在芦苇上已凝结成一片霜花。此情此景，使这位男子感到分外凄凉，更加思念"在水一方"的恋人。于是他要去寻找她：一会儿他想逆流而上，又担心道路险阻，绿水悠长；一会儿他又顺流而下，仿佛见到那心爱的人儿就在水中的小洲上。他对美好爱情的向往和追求，完全表现在他的想象和行动中。但是他所想象和追求的对象却是若隐若现，扑朔迷离，带有一种朦胧的色彩。这位美人像披着轻纱，戴着朝雾，三国时曹植在《洛神赋》中所塑造的洛神，也许受到它的启迪。中唐白居易的《长相思》也很可能学习它的手法，其词云："汴水流，泗水流，流到瓜洲古渡头。吴山点点愁。"写一位恋人月明倚楼，其思念之情，跟随汴水泗水南下，去寻找她的丈夫。虽然主人公有男女之别，而思随流水，则是二诗的共同之点。可见此诗的影响是极为深远的。

作诗之法，不外情景二途。此诗以带露凝霜的蒹葭触发诗人的感情，以弯曲、漫长、险阻的河流作为诗中的规定情境，他的想象便在其中展开、驰骋，于是乎在读者面前呈现了一个独特的艺术境界。这种手法，我们不妨称之为托物起兴、寓情于景。王国维《人间词话》称此篇"最得风人之致"，颇中肯綮，它在《诗经》"国风"中确是上乘之作。在手法上，虽然诗中三章不断转换字面和声韵，但它所写的景物和环境却基本未变，例如"蒹葭苍苍"，陈奂《诗毛氏疏》云："蒹，薕；苍苍，盛也。"又："凄凄，犹苍苍也。""采采，犹凄凄也。"至于坻、沚，则皆指水中小渚。它们只是通过一字之易，一韵之转，表现反复咏唱和缠绵无尽的感情罢了。　　　　　（徐培均）

无　衣

岂曰无衣，与子同袍。
王于兴师，修我戈矛，与子同仇。

岂曰无衣，与子同泽。
王于兴师，修我矛戟，与子偕作。

岂曰无衣，与子同裳。
王于兴师，修我甲兵，与子偕行。

　　我们读着这首诗，不禁为诗中火一般的战斗激情所感染，可是
《毛诗序》却说："《无衣》，刺用兵也，秦人刺其君好攻战。"陈奂
《诗毛氏传疏》也认为"此亦刺康公诗也"。《诗经》固讲究美刺，
但这里却将它颠倒了。按诗的内容，当是一首充满爱国思想的战
歌。据今人考证，周幽王十一年（秦襄公七年，前 771 年），周王
室内讧，戎族入侵，攻进镐京，周王朝的土地大部沦陷，秦国靠近
王畿，与周王室休戚相关，遂奋起反抗。此诗似在这一背景下产
生的。

　　秦国位于今天甘肃东部及陕西一带。那里土厚木深，民性厚重

质直。朱熹《诗集传》说："秦人之俗，大抵尚气概，先勇力，忘生轻死，故其见于诗如此。"这首诗慷慨激昂，意气风发，确实反映了秦地人民的尚武精神。在大敌当前、兵临城下之际，他们以大局为重，与周王室保持一致，"王于兴师"，他们就一呼百诺，紧跟出战，团结友爱，同仇敌忾，表现出崇高无私的品质。

由于此诗具有巨大的鼓舞力量，所以《左传》记载，鲁定公四年（前506），吴国军队攻陷楚国郢都，楚臣申包胥到秦国求援，"立依于庭墙而哭，日夜不绝声，勺饮不入口，七日，秦哀公为之赋《无衣》，九顿首而坐，秦师乃出"。可以想象，在那样的情况下，此诗好像是一个动员令。

如前所说，秦人尚气概，此诗亦以气概胜。读罢此诗，那种英雄主义的气概，犹拂拂指端。之所以造成这样的艺术效果，一是每章开头都采用了问答式的句法，一句"岂曰无衣"，似责问，如愤慨，仿佛在复仇的心灵上点上一把火，于是同声响应"与子同袍"（袍，长衣，状如斗篷，行军时可穿，宿营时可盖），"与子同泽"（泽，通"襗"，衬衫之属），"与子同裳"（裳，下衣，战裙之属）。二是语言富于强烈的动作性，"修我戈矛"，"修我矛戟"，"修我甲兵"，使人想象到战士们磨刀擦枪、舞戈挥戟的热烈场面：这样的诗句，可以歌，可以舞，堪称激动人心的活剧。

诗共三章，采用了重叠复沓的形式，但也不是简单的语言上的重复，而是不断递进，有所发展的。如"与子同仇"，是情绪方面的，说的是我们有共同的敌人；"与子偕作"，作是起的意思，这才是行动的开始；"与子偕行"，行训往，表明诗中的战士们将奔赴前线共同杀敌了。这种重叠的形式，固然受到乐曲的限制，同舞蹈的节奏起落与回环往复也是分不开的，联系诗意来考察就更为明了了。　　　　　　　　　　　　　　　　　　（徐培均）

月　出

月出皎兮，佼人僚兮。
舒窈纠兮，劳心悄兮！

月出皓兮，佼人懰兮。
舒慢受兮，劳心慅兮！

月出照兮，佼人燎兮。
舒夭绍兮，劳心惨兮！

　　这是一首月下怀人诗。全诗共三章，每章四句，采用重章叠句的形式来反复咏叹。每章的首句写景，次句形容月光下美人的姣好，第三句写美人的身段、体态，末句诗人自抒相思之情。

　　这首诗在意境的创造上相当成功，对后世诗歌的发展也产生了重要的影响。本来，意境的构成无定规，妙在随物宛转，即景生情。诗三百篇的作者大都非常熟悉生活，他们已经发现，客观的自然景物，常会影响人们主观的思想感情。例如明媚的春光将给人带来喜悦；阴风呼啸会加深心理上的伤痛；千里共照的明月，尤其是那深夜清冷的寒晖，更容易触发人们的怀念。诗人把握了这种景物同情志的对应关系，将"佼人"融入皎洁的月光中以唤起人的思念之情，这是艺术的自觉。在中国诗歌史上，《月出》的作者第一次揭示了望月和思念之间的对应关系。诗人揭示的这种对应关系，在后世诗歌创作中得到了历史的继承，仿作甚多。可以说，《月出》是历代望月思人诗的鼻祖，在我国诗歌史上占有重要的地位。

　　《月出》在节奏、旋律、用词和用韵等方面也有其独到之处。诗采用民歌常用的复沓手法，反复咏叹，情味无穷。从节奏和旋律来看，每章一、二、四句都是前二字为一个音步，第三句则是第一字为一音步，这样读起来便宛转起伏，顿挫有致，形成了一种朴素的格律。从用韵来看，全诗句句押韵，一韵到底，这在《诗经》中也不多见。再看用词，全诗用了很多双声叠韵词，增强了音乐感。从全诗用词的词性来看，除一个动词"出"，一个语气词"兮"和"月""人""心"三个名词外，其他全部是形容词。这对描绘"佼人"的风姿和诗人劳心幽思的形象无疑起着重要的作用。总的说来，因为《月出》声韵效果较好，读来动人悦耳，在意境创造、节奏声韵等方面又都有较高的成就，故被后人推为三百篇中情诗的杰作。

（马煦增）

七 月

七月流火，九月授衣。
一之日觱发，二之日栗烈。
无衣无褐，何以卒岁！
三之日于耜，四之日举趾，
同我妇子，馌彼南亩，田畯至喜。

七月流火，九月授衣。
春日载阳，有鸣仓庚。
女执懿筐，遵彼微行，爰求柔桑。
春日迟迟，采蘩祁祁。
女心伤悲，殆及公子同归。

七月流火，八月萑苇。
蚕月条桑，取彼斧斨。
以伐远扬，猗彼女桑。
七月鸣鵙，八月载绩。
载玄载黄，我朱孔阳，为公子裳。

四月秀葽，五月鸣蜩。

八月其获，十月陨蘀。

一之日于貉，取彼狐狸，为公子裘。

二之日其同，载缵武功。

言私其豵，献豜于公。

五月斯螽动股，六月莎鸡振羽。

七月在野，八月在宇，

九月在户，十月蟋蟀入我床下。

穹窒熏鼠，塞向墐户。

嗟我妇子，曰为改岁，入此室处。

六月食郁及薁，七月亨葵及菽。

八月剥枣，十月获稻。

为此春酒，以介眉寿。

七月食瓜，八月断壶，九月叔苴。

采荼薪樗，食我农夫。

九月筑场圃，十月纳禾稼。

黍稷重穋，禾麻菽麦。

嗟我农夫，我稼既同，

上入执宫功：

昼尔于茅，宵尔索綯，

亟其乘屋，其始播百谷。

二之日凿冰冲冲，三之日纳于凌阴。

四之日其蚤，献羔祭韭。

九月肃霜，十月涤场。

朋酒斯飨，曰杀羔羊，

跻彼公堂，称彼兕觥，万寿无疆！

　　《豳风·七月》是《诗经·国风》中最长的一首诗，《毛诗序》认为它的主题是"陈后稷、先公风化之所由，致王业之艰难"；陈奂《诗毛氏传疏》认为是"周公遭管蔡之变而作"。其实按诗的内容，当是写西周时期豳国（今陕西栒邑、邠县一带）一个农业部落的生活；它的作者当为这个部落中的普通劳动者。全诗共八章，全以农夫口吻反映一年四季的劳动生活，从各个侧面展示了当时社会的风俗画，正如姚际恒《诗经通论》所说："鸟语虫鸣，草荣木实，似《月令》；妇子入室，茅綯升屋，似《风俗书》；流火寒风，似《五行志》；养老慈幼，跻堂称觥，似庠序礼；田官染职，狩猎藏冰，祭献执宫，似国家典制书。其中又有似采桑图、田家乐图、食谱、谷谱、酒经：一诗之中，无不具备，洵天下之至文也！"凡春耕、秋收、冬藏、采桑、染绩、缝衣、狩猎、建房、酿酒、劳役、宴享，无所不写，"无体不备，有美必臻，晋唐后陶、谢、王、孟、韦、柳田家诸诗，从未臻此境界"（引同上）。

诗从七月写起，按农事活动顺序展开各个画面。必须注意的是诗中使用的为豳历，七月、八月、九月、十月以及四、五、六月皆与夏历（即今之农历）相同；"一之日""二之日""三之日""四之日"，即夏历的十一月、十二月、一月、二月；"蚕月"即夏历的三月。"七月流火"是说大火星偏西下行，"九月授衣"是说九月里妇女"丝麻之事已毕，始可为衣"。农夫一年农事了，便进入朔风凛冽的冬天，连粗布衣衫也没有一件，所以发出"何以卒岁"的哀叹。可是春天一到，他们又拿起农具，到田里耕作。老婆孩子则到田头送饭。田畯（监工的农官）见他们劳动很卖力，遂面露喜色。这是第一章为全诗所定下的基调，一下子把读者带进那个凄苦艰辛的岁月。

诗的二、三章色调逐渐变化，明媚的春光照着田野，莺声呖呖，姑娘们背着筐儿，沿着田间小道，一同去采桑养蚕。她们的劳动似乎很愉快，但她们心里却怀有隐忧："女心伤悲，殆及公子同归。"这里似乎让我们看到了《秋胡行》或《陌上桑》的影子，虽然那是后来的事，但生活中的规律往往也有相像的地方。姑娘们的美貌使她们担心人身的不自由；姑娘们的灵巧和智慧，也使她们担心自己的劳动果实为他人所占有："八月载绩，载玄载黄，我朱孔阳，为公子裳。"她们纺绩的五颜六色的丝麻，都成了公子身上的衣裳。这又使我们想起了后来张俞的《蚕妇》诗。

　　诗的四、五、六、七章，好像一组连续电视镜头，多侧面多层次地表现了农夫一家的生活。六、七月里他们"食郁（野李子）及薁（野葡萄）"，"亨（烹）葵及菽（豆子）"。七、八月里，他们"食瓜"，"断壶（葫芦）"。十月里收下稻谷，酿出春酒，给老人祝寿。可是，庄稼刚刚进仓，又得给老爷们营造公房。冬天打猎，剥下狐皮，"为公子裘"；猎获的大猪献给公爷，剩下的小猪，才能自己享用。至于自己的居室，则破破烂烂，十分简陋，一年到头，同蚱蜢、莎鸡、蟋蟀为伴。为了睡得安稳，还得烟熏老鼠，堵塞门缝。

　　到了最后一章，诗人用较愉快的笔调描写了这个部落宴饮称觞的盛况。一般论者以为农夫既这么辛苦，上头又有田畯监督、公子剥削，到了年终怎么有资格、有条件"跻彼公堂，称彼兕觥"？其实社会是复杂的，即使在封建社会里，农民到了年终，也相互邀饮，如秦观《田居四首》诗所写："田家重农隙，翁妪相邀迓；班坐醋酒醪，一行三四谢。"何况此诗所写的是西周时期的部落生活呢！

　　中国诗歌中一向以抒情诗为主，叙事诗较少。这首诗却以叙事为主，在叙事中写景抒情，带有浓郁的诗味，通过诗中人物栩栩如生的叙述，又形象地展示了当时社会的劳动场面、生活图景和各种人物的面貌。《诗经》的表现手法有赋、比、兴三种，这首诗正是采用赋体，它的妙处正在"敷陈其事"和"随物赋形"。我们仔细吟诵其中第五章，更有这种体会。

（徐培均）

东 山

我徂东山，慆慆不归。
我来自东，零雨其濛。
我东曰归，我心西悲。
制彼裳衣，勿士行枚。
蜎蜎者蠋，烝在桑野。
敦彼独宿，亦在车下。

我徂东山，慆慆不归。
我来自东，零雨其濛。
果臝之实，亦施于宇。
伊威在室，蠨蛸在户。
町畽鹿场，熠燿宵行。
不可畏也，伊可怀也！

我徂东山，慆慆不归。
我来自东，零雨其濛。
鹳鸣于垤，妇叹于室。
洒扫穹窒，我征聿至。

> 有敦瓜苦，烝在栗薪。
> 自我不见，于今三年！
>
> 我徂东山，慆慆不归。
> 我来自东，零雨其濛。
> 仓庚于飞，熠耀其羽。
> 之子于归，皇驳其马。
> 亲结其缡，九十其仪。
> 其新孔嘉，其旧如之何。

公元前 1062 年，周公率军东征，讨伐叛乱的管叔、蔡叔、武庚；取得胜利后，又继续向东进发，压服了以奄为首的东夷诸部落。这场战争持续了三年。这首《东山》，便是抒写一个随周公东征的士卒于还乡途中的思家之情。

东征三年，幸获生还，在细雨蒙蒙的归途中，这个士卒不禁百感交集，思绪满怀。他忽而为自己今后将"勿士行枚"（不再衔枚上战场）而高兴，忽而为自己三年来"亦在车下"（兵车底下把身宿）而悲伤，忽而担心室家"伊威在室，蠨蛸在户"（屋里土鳖来回爬，门前结满蜘蛛网），忽儿忧虑"町畽鹿场，熠燿宵行"（土地变成野鹿场，入夜萤火点点亮），忽而设想妻子在家思己之情，忽而追忆征前新婚之乐。全诗通过对这个"慆慆不归"的士卒于归途思家的种种描写，从侧面反映了当时百姓的厌战情绪，以及对安宁团聚生活的热爱。

这首诗共四章，初读起来，觉各写一事，情调各异，给人以语无伦次之感。然而这正如刘熙载所说"乱道语正是极不乱道语"（《艺概》）。细细体味可以发现，诗人一方面在每章开端都以"我徂东山，慆慆不归。我来自东，零雨其濛"四句为重叠，将主人公游荡的思绪限止在一个特定的氛围之中；另一方面将离合之情十分融洽地贯穿于全诗始终。首章的回顾征役之凄苦乃直接从归途中风雨之陵犯、饥渴之困顿的艰辛中想出，次章的思念家乡则是承首章的"独宿车下"而来，接着从思乡引出三章的怀妻之情，然后又以"自我不见，于今三年"引出末章的追忆三年前与妻新婚的情景，最后以"其旧如之何"（久别重逢该多喜）转回到眼前的急切盼归之心。全诗不仅没有零落散乱之感，反有意若贯珠之妙。这样的结构安排，避免了以相似语言为贯穿、以停稳笔画为端直的浅近之弊，使诗显得更为活泼奇警和耐人寻味。

此诗的佳处还表现在"借人映己"法的运用。所谓借人映己，就是分身以自省，推己以忖他。诗的前两章写征战之凄苦与家乡之可怀，按照一般写法，第三章该是倾诉此时此刻对妻子的思念之情。但诗人却不说己之思妻，而是设想妻子是如何思我，如"鹳鸣于垤，妇叹于室。洒扫穹窒，我征聿至"（老鹳长鸣土堆上，爱妻嗟叹守空房。洒扫房屋修好墙，整天盼我早回乡）。这一手法，既把自己挚厚的情思深刻而有力地表达了出来，也扩大了作品所表现的空间，增添了抒情的委婉含蓄。王士禛曾称赞说："写闺阁之致，远归之情，遂为六朝唐人之祖。"(《渔洋诗话》)唐代高适的"故乡今夜思千里，霜鬓明朝又一年"(《除夜作》)、王建的"家人见月望我归，正是道上思家时"(《行见月》)、白居易的"想得家中夜深坐，还应说着远游人"(《邯郸冬至夜思家》)等诗句，很显然是受此诗的影响。　　　　　　(陈如江)

采 薇

采薇采薇，薇亦作止。
曰归曰归，岁亦莫止。
靡室靡家，猃狁之故。
不遑启居，猃狁之故。

采薇采薇，薇亦柔止。
曰归曰归，心亦忧止。
忧心烈烈，载饥载渴。
我戍未定，靡使归聘！

采薇采薇，薇亦刚止。
曰归曰归，岁亦阳止。
王事靡盬，不遑启处。
忧心孔疚，我行不来！

彼尔维何？维常之华。
彼路斯何？君子之车。
戎车既驾，四牡业业。

岂敢定居？一月三捷！

驾彼四牡，四牡骙骙。
君子所依，小人所腓。
四牡翼翼，象弭鱼服。
岂不日戒？猃狁孔棘！

昔我往矣，杨柳依依。
今我来思，雨雪霏霏。
行道迟迟，载渴载饥。
我心伤悲，莫知我哀！

此诗约作于西周宣王时。当时西周的力量急遽减弱，西戎和北方的猃狁纷纷入侵。周宣王为"外攘夷狄，复文武之境土"，便命秦仲伐西戎，派尹吉甫征猃狁。这首《采薇》便是出征猃狁的士兵归家途中作的诗。

这首诗主要描写戍边士兵饱尝征战之苦和思念家乡的心情，同时也表现他们为国从征、赴死疆场的爱国主义精神。为了抗击异族侵略，他们被迫离开家园，转战边陲。由于终年在外与妻子远别，由于"我戍未定，靡使归聘"（征战中行踪不定，无法与家人通书信），他们感到自己像是"靡室靡家"之人，心中充满了悲伤。尽管如此，他们仍以国家和民族大事为重，坚守在边地，忍着"载饥载渴"与"不遑启处"（奔走不息，没有闲暇）的艰苦，以顽强的意志投入战斗。这些士兵既怀有恋念亲人、自伤离乱的哀怨情绪，又怀有同仇敌忾、抵御外侮的战斗激情，唯其如此，才令人感到他们的形象更为丰满，更为感人。

全诗在结构安排上颇为讲究。首章写由于防御猃狁之故，远离家室，岁末也回归不得；次章写归心迫切，但又无法与家里通书信；三章写征戍劳苦，恐怕不能生还。这三章都侧重于表现士兵的思家之情，而表现这种思家之情，诗人又以采薇时所见薇菜之生长过程象征之，从而显示出士兵内心所逐渐加重的悲哀。四、五两章，诗人转到将士们戎马倥偬、浴血苦战的描写："岂敢定居？一月三捷！""岂不日戒？猃狁孔棘！"这意思是说，哪敢歇脚图安居？一月要争几回胜！哪敢一天不戒备？军情紧急难卸甲！在感情上，这两章突然高涨，与前三章形成了一种张力，正是在这种张力中，士兵们既爱国又恋家的矛盾与苦闷获得了充分的展示。末章乃言归途所见景物及心中感慨，感时伤事，百感交集，黯然神伤。全诗波澜起伏，跌宕多姿，细腻曲折地表现出了士兵们的复杂感情，具有很强的艺术感染力。

诗的末章"昔我往矣，杨柳依依。今我来思，雨雪霏霏"四句自来被认为是《诗经》中的最佳之句，前人曾大加赞赏。宋祁说："善写物态，慰人情。"孙𫖮说："眼前景，口头语，然风致却大妙，即深言之不能加。"王士禛说："兴寄深微。"方玉润说："真情实景，感时伤事，别有深情，非可言喻。"这些赞语，评价虽高，却未道明个中奥妙。如宋祁并没有具体指出"善写物态，慰人情"的艺术手法，孙𬭁也没有说明为何写"眼前景，口头语，然风致却大妙"的原因。真正探明此句之佳处的，当推王夫之。他在《姜斋诗话》中直指心源："'昔我往矣，杨柳依依。今我来思，雨雪霏霏。'以乐景写哀，以哀景写乐，一倍增其哀乐。"一般来说，诗歌创作追求情景交融的境界，正如吴乔所说："情哀则景哀，情乐则景乐。"而此诗相反。往伐，悲也；来归，愉也，往而咏杨柳之依依，来而叹雨雪之霏霏，诗人正是抓住了情与景暂不和谐的矛盾，运用反衬手法，深刻而有力地表现出戍边士兵的哀怨。我以为这四句在艺术上还有两个特点，一是通过出征时杨柳依依，回归时雨雪霏霏的自然景物变化，概括了漫长的时间，故诗人虽不言感慨，而感时伤事之情自寓其中，诗句显得极为空灵含蓄。二是重言的运用。句中诗人以"依依"摹杨柳随风飘拂之貌，以"霏霏"拟雨雪纷纷飘落之状，既加强了声调的悦耳动听，又表现出了景物的神韵，读后给人以"情貌无遗"之感。《小雅·出车》中有这样四句："昔我往矣，黍稷方华。今我来思，雨雪载涂。"同样运用了乐景写哀、哀景写乐的手法，同样借景表情，感时伤事，但历来却不像这四句为人激赏，其原因就在于"方华""载涂"已微涉迹，不若"依依""霏霏"之饶态。历汉至唐，这四句屡见诗人追摹。曹植《朔风》诗云："昔我初迁，朱华未晞；今我旋止，素雪云飞。"王赞《杂诗》云："昔往鸧鹒鸣，今来蟋蟀吟。"颜延之《秋胡行》诗云："昔辞秋未素，今也岁载华。"韩愈《征蜀联句》诗云："始去杏飞蜂，及归柳嘶蚻。"然终弗逮此诗。

（陈如江）

车 攻

我车既工，我马既同。
四牡庞庞，驾言徂东。

田车既好，四牡孔阜。
东有甫草，驾言行狩。

之子于苗，选徒嚣嚣。
建旐设旄，薄狩于敖。

驾彼四牡，四牡奕奕。
赤芾金舄，会同有绎。

决拾既佽，弓矢既调。
射夫既同，助我举柴。

四黄既驾，两骖不猗。
不失其驰，舍矢如破。

萧萧马鸣，悠悠旆旌。

徒御不惊，大庖不盈。

之子于征，有闻无声。

允矣君子，展也大成。

周王朝自成康之后，国势日趋衰微。至夷王时，诸侯不朝，王室不能制；或有来朝，天子也不敢坐受朝拜，甚至要下堂而见诸侯。宣王即位，内修政事，外攘夷狄，重振了衰弱的周室。为了炫耀武力，慑服列邦，乃效成康之礼，以田猎之名，复会诸侯于东都。此首《车攻》，便是描述宣王东巡田猎、会合诸侯之史实，并赞美了宣王的中兴之业。

诗共分八章，首两章写车马盛备，前往东都圃田行狩；三、四章写诸侯来会，猎于敖山；五、六章写射夫射御之能，猎获之多；最后两章写猎毕而归，军容整肃，以赞美作结。全诗按照行猎的时间顺序结构布局，层次井然，脉络分明，从而全面完整地反映出这一历史事件。

此诗艺术上采用了点染的手法。点染，原是画家的一种手法，借用到诗歌创作中，指的是叙写（点）与描绘（染）的结合。此法虽是由清人刘熙载在《艺概》中拈出，但在创作中早已存在。诗的第四章"驾彼四牡，四牡奕奕。赤芾金舄，会同有绎"，前三句中诗人渲染了这样一幅景象：驾马的人儿带着红色的皮蔽膝，穿着金色的皮鞋靴，络绎纷纭地从远处奔驰而来；接下一句诗人点明这乃是诸侯们纷纷前来会盟。这一章若有点无染，则形象不饱满；若有染无点，则意思不清晰。而经诗人的点染之后，诸侯们不敢有误、急忙来朝天子的心理，以及衣着华贵雍容的形象，生动鲜明地呈现在读者的眼前，同时也从侧面衬托出宣王的威严。诗的末章"之子于征，有闻无声"两句，也是运用了点染法，前一句点明天子回归，后一句以"只听见车行马鸣而不闻人声"来渲染回归队伍的军容整肃。再如诗的第三章，点明"之子于苗"（那位君子出发打猎）后，以"选徒嚣嚣，建旐设旄"两句渲染出猎手云集、彩旗飞扬的盛大场面。总之，诗人通过点染法的运用，变枯燥乏味的叙述为丰采多姿的形象，增添诗的美感与意趣。

此诗艺术上还采用了以动衬静的手法。如第七章的"萧萧马鸣，悠悠旆旌"两句，以"声萧萧马儿嘶鸣，轻悠悠旌旗招展"来衬托行军队伍的严整肃静，可谓静中之动，弥见其静。诗人意识到，一味从静上着笔，反而突不出静的氛围，于是便利用了静与动之间看似相反、实则相成的依存关系，以动衬静，从而更突出地显示了王者之师的气象，这也为接下"允矣君子，展也大成"（君子的措施果然得当，如今真个是大功告成）的赞叹作了很好的铺垫。第三章中的"选徒嚣嚣"也是以动衬静，即以清点步卒者的喧哗来衬托车徒之无声。这一手法一直为后人所采用。梁代王籍的名句"蝉噪林逾静，鸟鸣山更幽"，便脱胎于此诗。唐诗中"春山无伴独相求，伐木丁丁山更幽"（杜甫《题张氏幽居》）、"鹤鸣楚山静，露白秋江晓"（柳宗元《与崔策登西山》）、"寂寂孤莺啼杏园，寥寥一犬吠桃园"（刘长卿《题郑山人幽居》）等诗句的构思立意，亦滥觞于此。

（陈如江）

黄 鸟

黄鸟黄鸟，无集于榖，无啄我粟！
此邦之人，不我肯榖。
言旋言归，复我邦族。

黄鸟黄鸟，无集于桑，无啄我梁！
此邦之人，不可与明。
言旋言归，复我诸兄。

黄鸟黄鸟，无集于栩，无啄我黍！
此邦之人，不可与处。
言旋言归，复我诸父。

《诗经·魏风·硕鼠》中，农民因不堪统治者的沉重剥削而大声呼叫："适彼乐土。"去寻找那没有剥削与压迫的理想之地。然而那个时代究竟有没有那么一块可以无忧无虑生活的"乐土"呢？这正是《黄鸟》所要告诉我们的。

此诗是一个流落异国的农民的自述。这个为了摆脱苦难而到异国谋求生路的农民，不仅没有寻觅到那么一个可以安居乐业的理想社会，反而遇到了与本国"硕鼠"一样的"黄鸟"的残酷欺压。在忍无可忍之下，他愤怒地向"黄鸟"提出"无啄我粟""无啄我粱""无啄我黍"的要求。当然在当时的社会中，这种要求是得不到满足的。他由是意识到，既然这里的人是这样的"不我肯穀"（不用善道）、"不可与明"（不讲道理）、"不可与处"（不能共处），还不如赶快重回故乡的好。尽管回国后还是要受到"硕鼠"的剥削，但毕竟是生活在家乡、生活在亲人们的中间啊。全诗通过对这个背井离乡者在异国遭受剥削与欺凌而欲返回故土的描写，深刻地反映了当时劳动人民走投无路、流离失所的悲惨遭遇。此诗虽属雅诗，无疑更似风体。

在艺术上，这首诗有两个特点。一是重沓舒状修辞手法的运用。所谓重沓舒状，就是以叠句或叠章的形式反复咏唱，以加强表现的力度，充分舒展诗人的感情。此诗虽分为三章，但每章所表现的意思基本上是相同的，诗人借助反复咏唱的形式，使全诗"言旋言归"的气氛越来越强烈，既细腻生动地表现出再也无法忍受"黄鸟"的剥削而急切归去的心情，又增强了读者的感受程度。值得称道的是，诗人在重沓中并不处处重复，而是通过一些句子的几个关键字眼（如"穀""明""处"）的变化，使全诗获得了虽重沓而又不显单调乏味的艺术效果。读完全篇，我们自会感受到一种回肠荡气的韵味。二是兴中兼比，比兴合一。《诗经》中共有两首《黄鸟》，一为本篇，一为《秦风·黄鸟》，其开端云："交交黄鸟，止于棘。谁从穆公？子车奄息。"虽然这两首诗均借黄鸟起兴，但这"兴"却有高低之别。《秦风·黄鸟》的兴与所起的下文之间毫无有机联系，辞义之间，未免有痕。本篇开端的"黄鸟黄鸟，无集于穀，无啄我粟"三句中，起兴的黄鸟形象与下文所咏之辞在意义上具有某种相似的特征，也就是说兴中兼有了比的意味。从诗人的感情脉络看，当是他在看到黄鸟啄粟时，联想到夺取自己劳动果实的统治者，因而以不劳而获这一特征将他们绾合在一起而进行谴责。这一比兴的巧妙结合，无疑使全诗更耐咀嚼，更富神韵。

（陈如江）

大 东

有饛簋飧，有捄棘匕。
周道如砥，其直如矢。
君子所履，小人所视。
睠言顾之，潸焉出涕！

小东大东，杼柚其空。
纠纠葛屦，可以履霜？
佻佻公子，行彼周行；
既往既来，使我心疚。

有冽氿泉，无浸获薪！
契契寤叹，哀我惮人。
薪是获薪，尚可载也。
哀我惮人，亦可息也。

东人之子，职劳不来；
西人之子，粲粲衣服。
舟人之子，熊罴是裘；

私人之子，百僚是试。

或以其酒，不以其浆。
鞙鞙佩璲，不以其长。
维天有汉，监亦有光。
跂彼织女，终日七襄。

虽则七襄，不成报章。
睆彼牵牛，不以服箱。
东有启明，西有长庚。
有捄天毕，载施之行。

维南有箕，不可以簸扬。
维北有斗，不可以挹酒浆。
维南有箕，载翕其舌。
维北有斗，西柄之揭。

　　这是一首周代东方诸侯国的臣民怨刺周王朝的诗歌。全诗七章，通篇描写征赋繁重，人民劳苦。前四章极写东方诸国的困敝穷苦、周王朝的搜刮无度、穷奢极欲。第五章中间诗人突发奇想，以"维天有汉"领起，遍写天河星辰。大笔挥洒，酣畅诉说：因杼柚空乏而怨及织女机丝的不成章法；因织女虚机而怨及牵牛河鼓难驾车辆；就是对启明、长庚星的东出西随亦有所怨及。于是认为南方的箕星不但不能簸扬，反而伸长其舌似有所噬；北面的斗星不但不能用来斟酒酌浆，反而高举着把柄而取之于东方。诗作将怨极愤极的民情表达得淋漓尽致，指天申诉，悲怆弥深。

诗是语言的艺术，需"诵之行云流水，听之金声玉振，观之明霞散绮，讲之独茧抽丝"（谢榛《四溟诗话》）。此诗后三章文字流畅，铿锵悦耳，色彩明丽，意味隽永，在写实的氛围中流溢着浪漫的神采，将诗篇升华至凡作难以企及的高度，从而使其内容和形式独具风格。此诗长篇巨制，回环吟咏，开后世各类歌行体之先河，在我国诗歌史上具有开创意义。

（曾抗美）

绵

绵绵瓜瓞，民之初生，自土沮漆。
古公亶父，陶复陶穴，未有家室。

古公亶父，来朝走马，
率西水浒，至于岐下。
爰及姜女，聿来胥宇。

周原膴膴，堇荼如饴。
爰始爰谋。爰契我龟，
曰止曰时，筑室于兹。

乃慰乃止，乃左乃右，
乃疆乃理，乃宣乃亩。
自西徂东，周爰执事。

乃召司空，乃召司徒，俾立室家。
其绳则直，缩版以载，作庙翼翼。

捄之陾陾，度之薨薨。
筑之登登，削屡冯冯。
百堵皆兴，鼛鼓弗胜。

乃立皋门，皋门有伉。
乃立应门，应门将将。
乃立冢土，戎丑攸行。

肆不殄厥愠，亦不陨厥问。
柞棫拔矣，行道兑矣。
混夷駾矣，维其喙矣。

虞芮质厥成，文王蹶厥生。
予曰有疏附，予曰有先后，
予曰有奔奏，予曰有御侮。

　　此诗记述了周人祖先古公亶父率民迁岐奠定国基以及文王继承遗烈光大周族的史迹。古公亶父即周太王，是周文王的祖父，是继后稷、公刘之后，又一位为周民族的发展壮大作出杰出贡献的部族首领。他率领周人从豳迁到土质肥美的岐山脚下，使周民族迅速强盛起来。

诗九章，可分两层。前七章写太王迁岐，后两章写文王继业。全诗比较清楚地记叙了太王率民迁岐的史实。我们从中不仅能了解到周民族不断发展壮大的情形，而且还可了解一些当时有关官制、建筑、民俗等方面的情况。

这首诗大致创作于西周初期，其现实的内容、朴实的形式反映了中国早期诗歌创作的时代特征——尚实。那时的诗歌创作普遍重视诗歌的功利作用，还不十分重视诗歌的审美价值。尽管如此，此诗还是取得了那个时代所难以企及的艺术成就，如记叙、抒情的运用。在记叙祖先事迹的过程中，含而不露地抒发了对祖先的赞美之情与民族的自豪感。运用这种寄情于事的表现方法，在中国诗歌创作的发展史上可以说是具有开创之功。诗中某些段落的描写就是按今天的美学标准来衡量也应该说是精彩的。如以"緜緜瓜瓞"兴起，用从小变大、緜緜不断的瓜瓞来比喻从小变大、从弱变强的周民族。开篇就用一种具体可感的意象涵括全诗的意蕴，令人回味无穷。又如以"堇荼如饴"这一带有夸饰的比喻来形容周原的肥美，强烈地表现了周人的赞美之情。尤其精彩的是第六章，诗人突出了直觉感受到的视觉形象和听觉音响，只用了二十四个字就把那轰轰烈烈、热火朝天、规模空前的劳动场面"浮雕式"地描绘出来，栩栩欲动，令人可以想见。不仅如此，从装土于筐、投土入版、夯土砸实、刮平墙面等不同工序的同时进行中，从"陾陾""薨薨""登登""冯冯"这连丈二鼛鼓之声都为之逊色的巨大的建筑交响乐中，从"百堵皆兴"的浩大规模中，你会感受到那紧张的节奏、冲天的干劲、太王的气魄、创业的艰辛……

（鲁洪生）

生 民

厥初生民，时维姜嫄。

生民如何？克禋克祀，以弗无子。

履帝武敏歆，攸介攸止。

载震载夙，载生载育，时维后稷。

诞弥厥月，先生如达。

不坼不副，无灾无害，以赫厥灵。

上帝不宁，不康禋祀，居然生子。

诞置之隘巷，牛羊腓字之。

诞置之平林，会伐平林。

诞置之寒冰，鸟覆翼之。

鸟乃去矣，后稷呱矣。

实覃实讦，厥声载路。

诞实匍匐，克岐克嶷，以就口食。

艺之荏菽，荏菽旆旆。

禾役穟穟，麻麦幪幪，瓜瓞唪唪。

诞后稷之穑，有相之道。
茀厥丰草，种之黄茂。
实方实苞，实种实襃，
实发实秀，实坚实好，
实颖实粟。即有邰家室。

诞降嘉种：维秬维秠，维穈维芑。
恒之秬秠，是获是亩；
恒之穈芑，是任是负，以归肇祀。

诞我祀如何？或舂或揄，或簸或蹂。
释之叟叟，烝之浮浮。
载谋载惟，取萧祭脂。
取羝以軷，载燔载烈。以兴嗣岁。

卬盛于豆，于豆于登，其香始升。
上帝居歆，胡臭亶时。
后稷肇祀，庶无罪悔，以迄于今。

　　《生民》是周民族的史诗之一，它记录了有关周始祖后稷的传说，歌咏了其功德和灵迹。尽管在记叙后稷的诞生中含有虚构与夸张的成分，但并不影响全诗所记载的历史真实性。因此这首诗是研究周民族发展史的不可多得的珍贵史料。郭沫若、杨公骥、陈子展等就曾根据关于后稷诞生的传说来研究当时的社会性质。我们还可以从中了解到当时周人的心理状态、他们的农业生产、风俗习惯等真实情况。如诗中对姜嫄"履帝武敏"无夫受孕的神异，以及后稷诞生弃而不死的描述，除了由于氏族社会时期生产力低下，人们的认识水平还局限于直观的、幼稚的推测，还不能科学地解释人类产生的原因之外，可能就是为了加强周民族团结的现实功利需要，以便将本族人民集于同一神化的祖先之下，相信是上帝的子孙，会受到上帝的宠爱，能得神助而战胜任何灾害与敌人。可贵的是，周人宣扬祖先的神异并不仅仅是培养民族的自尊、自豪、自信，而是要唤起全族成员对周民族前途的关心。为了巩固发展周民族，他们也不是仅仅依赖于纯精神世界的感情统一上，而是通过对稼穑有道的后稷的歌颂，唤起全部族成员对劳动的热爱，将热爱本民族的精神动力与发展农业生产的热情结合起来，把发展物质生产作为巩固发展周民族的最终手段。这就是周人隐藏在神奇的神话传说迷雾下的真实的心理状态，也是创作此诗的根本目的。

这篇史诗的谋篇布局是很讲究的，基本上是按照后稷的成长过程叙述，首尾呼应，结构完整，层次清晰，有条不紊。诗分八章，从姜嫄"履帝武敏"受孕叙起，接叙后稷的诞生、弃而不死，以及对"后稷之穑，有相之道"的赞美，继而转入祭祀的描写。全篇几番波折，而"语言一贯，无痕可寻"（吴闿生《诗义会通》）。就

《生民》通篇的语言来说，是质直朴实的，但有的章节也不乏含蓄，不乏文采。如写把后稷扔到大树林里，只言"会伐平林"，而不言人收，但人收之意自在言外。姚际恒对之称赞道："皆用缩笔，有意到笔不到之妙。"（《诗经通论》）又如诗中用"旆旆""穟穟""幪幪""唪唪"等丰富多变的形容词来夸饰赞美不同农作物的茂盛；用十个不同的形容词准确地描叙农作物在播种、发芽、生长、拔节、孕穗、成熟等各个阶段的特征。不经过细致观察，不熟悉不同品种的农作物在不同发育时期的特征，不掌握大量词汇的人，是不可能描绘出如此形象生动、准确细致、惟妙惟肖的画面来的。第七章尤为精彩，寥寥几笔便把热闹非凡的祭祀场面活灵活现地再现出来：那里有的舂，有的舀，有的簸，有的搓，有的商量，有的谋划；蒸饭时升起的浮浮腾腾的热气与点燃着的萧脂散发出的弥漫着香气的缕缕青烟融汇一起，笼罩着整个祭坛；透过烟气依稀可见那丰盛的祭品：大公羊、烧的肉、烤的肉……还隐隐传来淘米的嗖嗖声。诗人全然没有描述祭祀的人，也没有面面俱到地描绘整个祭祀场面，只是有选择地描绘了一组有代表性的形象与动作，可是我们却能很自然地感受到那虔诚的、喜气洋洋的气氛，想见那忙忙碌碌的人群。

（鲁洪生）

公 刘

笃公刘，匪居匪康。
乃埸乃疆，乃积乃仓。
乃裹餱粮，于橐于囊。思辑用光。
弓矢斯张，干戈戚扬，爰方启行。

笃公刘，于胥斯原。
既庶既繁，既顺乃宣，而无永叹。
陟则在巘，复降在原。何以舟之？
维玉及瑶，鞞琫容刀。

笃公刘，逝彼百泉，瞻彼溥原。
乃陟南冈，乃觏于京。
京师之野，于时处处，
于时庐旅，于时言言，于时语语。

笃公刘，于京斯依。
跄跄济济，俾筵俾几。
既登乃依，乃造其曹。

执豕于牢，酌之用匏。
食之饮之，君之宗之。

笃公刘，既溥既长，
既景乃冈，相其阴阳，观其流泉。
其军三单，度其隰原，彻田为粮。
度其夕阳，豳居允荒。

笃公刘，于豳斯馆。
涉渭为乱，取厉取锻。
止基乃理，爰众爰有。
夹其皇涧，溯其过涧。
止旅乃密，芮鞫之即。

　　这首诗记述了周人祖先公刘率民从邰迁豳的事迹，是反映周民族历史的长篇叙事诗。

　　在记叙史实的过程中，诗人用赞美的笔调塑造了一位具有远见卓识、笃实仁厚、尽心为民的部族领袖形象。诗人按照纵向时、空的转换，围绕"笃公刘"这个叙事与抒情的核心层次渐进地刻画出了公刘的形象。此诗构思巧妙，线索清晰，重点突出。诗人很注重章法结构的巧妙安排。虽然主要记叙公刘迁豳，但几乎每章都是把"笃公刘"为民操劳的情形与周人的爱戴之情交替着来写，这显然是一种有意的安排。这既反映了时代观念的飞跃，周人已超越了殷商时期唯天为尊的天命观，出现了敬天保民的思想，注重了人民的力量、民心的向背；又反映出周人已认识到君主所为与民心向背的因果关系，君主所以能受民拥戴的根本因素不是空洞的许诺，而是脚踏实地尽心尽力地为民为国谋福谋利。这既是在赞美公刘，又是在告诫嗣王与后人。六章皆以"笃公刘"发端，反复赞叹中既突出强化了赞颂的核心，又使六章成为在内容与形式上皆完美统一的整体。章与章之间形成排比形式，读起来恰似江河顺流而下，一气贯注，滔滔不绝，大大增强了艺术的感染力。诗人用韵也很讲究。如头一章，本是被迫离开故土，人与土地之间的那种特殊感情该会使周人的心情何等沉痛，而诗人却选读起来清脆响亮的韵，使人意气风发，一扫沉闷之哀痛。明亮的歌声将会幻出多少霞光，唤起多少希望！诗人还很注重炼字。如"弓矢斯张，干戈戚扬，爰方启行"，"扬"字联系上句似也为动词。但诸家皆解之为"斧""钺"。尽管如此，每每读到此处，还是会想象到那"张""扬"的英姿，想象到那雄赳赳、气昂昂的战士们。有些地方写得还十分委婉含蓄。如二章中，诗人记叙公刘"陟则在巘，复降在原"，考察豳地后，突然笔锋一转，写到公刘的服饰："何以舟之？维玉及瑶，鞞琫容刀。"程俊英译为："身上佩带何物件？美玉宝石尽琳琅，佩刀玉鞘闪闪亮。"（《诗经译注》)若联系当时人们常把本不具有逻辑关联的东西看成具有因果关系的思维方式，联系当时人们对美玉特殊的珍爱与崇拜，联系《诗经》中屡屡出现的类似"生刍一束，其人如玉"的比德观念，那么这仅仅是描写公刘的服饰吗？又如诗的结尾说："夹其皇涧，溯其过涧。止旅乃密，芮鞫之即。"程俊英译为："住在皇涧两岸边，面向过涧住处宽。移民定居人口密，河岸两边都住满。"（同前）公刘新迁豳地，归顺之民日益增多，以致"河岸两边都住满"。这仅仅是描写人丁兴旺吗？文字戛然而止，意味却绵长如缕，耐人咀嚼。

（鲁洪生）

桑 柔

菀彼桑柔，其下侯旬，捋采其刘。

瘼此下民，不殄心忧。

仓兄填兮，倬彼昊天，宁不我矜！

四牡骙骙，旟旐有翩。

乱生不夷，靡国不泯。

民靡有黎，具祸以烬。

於乎有哀，国步斯频！

国步蔑资，天不我将。

靡所止疑，云徂何往？

君子实维，秉心无竞。

谁生厉阶？至今为梗。

忧心殷殷，念我土宇。

我生不辰，逢天僤怒。

自西徂东，靡所定处。

多我觏痻，孔棘我圉。

为谋为毖，乱况斯削。
告尔忧恤，诲尔序爵。
谁能执热，逝不以濯？
其何能淑，载胥及溺。

如彼溯风，亦孔之僾。
民有肃心，荓云不逮。
好是稼穑，力民代食。
稼穑维宝，代食维好。

天降丧乱，灭我立王。
降此蟊贼，稼穑卒痒。
哀恫中国，具赘卒荒。
靡有旅力，以念穹苍。

维此惠君，民人所瞻。
秉心宣犹，考慎其相。
维彼不顺，自独俾臧。
自有肺肠，俾民卒狂。

瞻彼中林，甡甡其鹿。

朋友已谮，不胥以榖。
人亦有言："进退维谷。"

维此圣人，瞻言百里，
维彼愚人，覆狂以喜。
匪言不能，胡斯畏忌？

维此良人，弗求弗迪。
维彼忍心，是顾是复。
民之贪乱，宁为荼毒。

大风有隧，有空大谷。
维此良人，作为式榖。
维彼不顺，征以中垢。

大风有隧，贪人败类。
听言则对，诵言如醉。
匪用其良，覆俾我悖。

嗟尔朋友，予岂不知而作。
如彼飞虫，时亦弋获。

既之阴女，反予来赫。

民之罔极，职凉善背。
为民不利，如云不克。
民之回遹，职竞用力。

民之未戾，职盗为寇。
凉曰不可，覆背善詈。
虽曰匪予，既作尔歌。

　　诗中屡提"君""王"，可知这是一篇矛头直接指向周王及其辅臣的政治抒情诗。《毛诗序》认为是"芮伯刺厉王也"，三家诗说同。芮伯指芮良夫，这是《诗经》中为数不多的可知作者及本事的诗篇之一。

　　芮良夫是一位爱国爱民、具有政治远见、敢于忠言直谏的政治家。他在诗中深刻揭露了国家动荡不安、国运衰微、财力殚竭的社会现实，反映了人民四处漂泊、生灵涂炭、痛苦不堪的生活，表现出对挣扎于水深火热之中的劳动人民的关切与同情。诗人尖锐地批判了昏庸无道的周厉王，指出他任用群小、陷害忠良、不听忠言、刚愎自用、反复无常和荒淫无耻。他还抨击了那些祸国殃民的奸臣，揭露出他们尔虞我诈、愚蠢昏庸、鼠目寸光、欺凌贤哲的丑恶嘴脸。诗人洞察秋毫，力挞时弊。他以为所以国运衰微、民穷财尽、经济崩溃、世风败坏，皆由当时最高统治者的荒淫无能、不善用人所致。在缺乏法制观念的"心"治下，一个国家与民族的兴亡盛衰完全决定于最高统治者的贤明与昏庸。诗人不可能超越时代，他别无选择，只能寄希望于周厉王，故他苦口婆心，屡屡谏说。为了取得较好的讽谏效果，他大量运用了对比的方法，从正反两方面条分缕析，既批判了周厉王的错误作法，又从正面提出要举贤授能，唯德是用，忧恤国事，以民为本。诗人自叹生不逢时，忠而被谤，然不改初衷，苦恋着自己的故土，始终怀着对祖国的挚爱。参之《离骚》，诗人与屈原的悲惨遭遇、政治见解、高尚情操、百折不回的忠言直谏，甚至连正反对比的谏说方法也都是如此惊人的相似！

文虽古奥，然其情、其志却力透纸背，明晰可见，令人可敬、可歌、可泣。

（鲁洪生）

噫 嘻

噫嘻成王，既昭假尔。

率时农夫，播厥百谷。

骏发尔私，终三十里。

亦服尔耕，十千维耦。

《毛诗序》曰：“《噫嘻》，春夏祈谷于上帝也。”说的是当时这首诗的功用。考其内容，是周王告诫农官率农夫大力发展农业的农事诗，在当时被用于祈谷。诗仅八句，但学者对此诗的解释分歧甚大。诗中的“成王”究竟是生号还是谥号，诗成于成王还是康王时代，以及一些诗句的解释至今也不统一。但现在一般多采用郭沫若在《青铜时代》中提出的看法：“（此诗）是成王亲耕之前，昭假先公先王，史官们把这事作成颂来助祭。”“诗明明是作于周成王时，周初的农业情形表现得异常明白。农业生产的督率是王者所躬亲的要政之一；土地是国家所有，作着大规模的耕耘；耕田者的农夫是有王家官吏管率着的。这情形和殷代卜辞里面所见的并无二致。”诗中反映了西周农业生产的耦耕方法、大规模的集体劳动方式以及公田私田的制度，是研究西周农业生产、判定西周社会性质的重要史料。

　　此诗叙事简洁明快。首二句告祭先祖先公；"次二句，率时农夫，田畯之职也。播厥百谷，农夫之事也。末四句，终三十里，欲其地之无遗利乎？十千维耦，欲其人之无遗力乎？"(陈子展《诗经直解》)语言含有夸张的成分，"三十里""十千"皆未必确指实数，而是极力夸饰形容地之广、人之多。

（鲁洪生）

载 芟

载芟载柞，其耕泽泽。

千耦其耘，徂隰徂畛。

侯主侯伯，侯亚侯旅，侯强侯以。

有嗿其馌，思媚其妇，有依其士。

有略其耜，俶载南亩。

播厥百谷，实函斯活。

驿驿其达，有厌其杰。

厌厌其苗，绵绵其麃。

载获济济，有实其积，万亿及秭。

为酒为醴，烝畀祖妣，以洽百礼。

有飶其香，邦家之光。

有椒其馨，胡考之宁。

匪且有且，匪今斯今，振古如兹。

《毛诗序》曰："《载芟》，春藉田而祈社稷也。"今文三家之说与此大体相近。这同样是推测此诗当时的功用。前人曾对此诗究竟是用于春祈还是秋报发生分歧。然当时春祈秋报的祭辞究竟有何区别，在今传所谓"美盛德之形容，以其成功告于神明者也"的

《颂》诗中已很难截然区分。今天我们只能就诗文内容说：这首诗记叙了一年从春耕播种到秋收祭祀的农事。

诗一章三十一句，完全按照一年农事的发展顺序来记述，故可以时间为线索分为两部分，前十八句写春耕播种及谷物生长茂盛，后十三句写秋收祭祀。前一部分写得比较生动形象。诗人首先勾勒出成千对人在高坡低田中除草砍树、开垦荒地的轰轰烈烈的宏大场面，然后转换视角，由远眺推向近观，依次细细描绘参加生产的人、他们的精神面貌、使用的工具、农作物的茂盛。其中"有嗿其馌，思媚其妇，有依其士"是很巧妙的一笔，余冠英先生将之译为："送饭的说说笑笑，妇女人人美好，男子干劲旺盛。"（《诗经选》）这三句为繁重枯燥的农耕劳作增添了浓厚的生活气息，突出了洋溢于全篇的喜悦之情，描绘出一幅令人向往的充满欢声笑语的农家乐耕图。现实也许是痛苦的，但诗人笔下却总是充满欢悦之情，如："驿驿其达，有厌其杰。厌厌其苗，绵绵其麃。"诗人用联绵字来形容农作物发芽的整齐、生长的茂盛，既形象细腻，意状飞动，又可使人想见人们的喜悦之情。其后描绘秋天的丰收、祭品的丰盛也无不如此。

（鲁洪生）

駉

駉駉牡马，在坰之野。
薄言駉者！
有骄有皇，有骊有黄，以车彭彭。
思无疆，思马斯臧。

駉駉牡马，在坰之野。
薄言駉者！
有骓有駓，有骍有骐，以车伾伾。
思无期，思马斯才。

駉駉牡马，在駉之野。
薄言駉者！
有𬳿有骆，有骝有雒，以车绎绎。
思无斁，思马斯作。

駉駉牡马，在坰之野。
薄言駉者！
有骃有騢，有驔有鱼，以车祛祛。

　　思无邪，思马斯徂。

　　这是《鲁颂》的第一篇，诗中歌颂了鲁国牧马的繁多与强壮。颂马之意何在？古来说法不一：或以为祀鲁公，或以为祀庄公，或以为美伯禽，或以为美僖公，或以为美马政，或以为喻育贤，或以为有关鲁侯考牧，或以为纯粹咏马之诗……朱熹《诗集传》说："此诗言僖公牧马之盛，由其立心之远。故美之曰：'思无疆，则思马斯臧矣。'卫文公'秉心塞渊，而骍牝三千'（按，见《鄘风·定之方中》），亦此意也。"朱说近是。古代作战主要靠驾四马的战车。在战争频繁的年代，一个国家的强弱主要决定于军事力量的强弱，而战马的多寡强弱则是衡量军事力量的主要标志。赞颂牧马的繁多强壮与说"骍牝三千""战车千乘"，其意一也。注意发展军事力量，可见鲁僖公"立心之远"，注意到国家的长远利益。又因牧马的繁多强壮要受多种因素的制约，要有丰厚的物质基础和良好的政治环境，故《毛诗序》说："颂僖公也。僖公能遵伯禽之法，俭以足用，宽以爱民，务农重谷，牧于坰野，鲁人尊之。"此说也非全为比附，只不过是诗中未直接表述而已。

　　诗四章，各章的章法句式完全相同，每章只变换八个字。诗人不惮其烦，以十六种颜色来形容马，意在夸饰牧马品种、数量之多，同时也反映出当时牧马业的发达程度，在颜色上就已区分得如此之细。各章结尾变换二字，表明了各章赞颂的侧重点。前人据之以为四章分别是"言良马、戎马、田马、驽马"，或曰分别颂"马之德、马之力、马精神、马志向"。诗人运用的是"卒章显其志"的方法，四章结尾的"思无疆""思无期""思无敦""思无邪"，点出作者颂马的本意：言在颂马，志在美政。　　　（鲁洪生）

楚　辞

屈　原

屈原（约前340—前378），名平，字原，战国后期楚国人。出身贵族。楚怀王时，曾任左徒、三闾大夫等职，后遭谗去官。顷襄王时被放逐，因目睹国家内忧外患，悲愤忧郁，遂自投汨罗江而死。屈原是我国最早的伟大诗人，作有《离骚》《九歌》《天问》《九章》等，强烈地反映了他进步的政治理想和不屈的抗争精神。作品多运用神话和传说，想象丰富，文辞绚烂，是古代积极浪漫主义诗歌的典范，对后世产生过重大影响。

（胡士明）

离　骚

帝高阳之苗裔兮，朕皇考曰伯庸。

摄提贞于孟陬兮，惟庚寅吾以降。

皇览揆余初度兮，肇锡余以嘉名。

名余曰正则兮，字余曰灵均。

纷吾既有此内美兮，又重之以修能。

扈江离与辟芷兮，纫秋兰以为佩。

汩余若将不及兮，恐年岁之不吾与。

朝搴阰之木兰兮，夕揽洲之宿莽。

日月忽其不淹兮，春与秋其代序。

惟草木之零落兮，恐美人之迟暮。

宋 马和之（传） | **豳风七月图**（局部）

七月鸣鵙，八月载绩。载玄载黄，我朱孔阳，为公子裳。

《诗经·七月》，见第 96 页

宋 马远｜**诗经豳风图**（局部）

五月斯螽动股，六月莎鸡振羽。

七月在野，八月在宇，九月在户，十月蟋蟀入我床下。

《诗经·七月》，见第96页

宋 马和之 | **小雅鹿鸣之什图**（局部）

昔我往矣，杨柳依依。今我来思，雨雪霏霏。

《诗经·采薇》，见第105页

宋 马和之　**闵予小子之什图**（局部）

载芟载柞，其耕泽泽。千耦其耘，徂隰徂畛。

《诗经·载芟》，见第 137 页

宋 马和之（传） | **鲁颂三篇图**（局部）

駉駉牡马，在坰之野。

《诗经·駉》，见第 139 页

与揽洲之木兰兮夕

帝高阳之苗裔兮，朕皇考曰伯庸。摄提贞于孟陬兮，惟庚寅吾以降。

皇览揆余初度兮，肇锡余以嘉名。名余曰正则兮，字余曰灵均。

纷吾既有此内美兮，又重之以修能。扈江离与辟芷兮，纫秋兰以为佩。

汩余若将不及兮，恐年岁之不吾与。朝搴阰之木兰兮，夕揽洲之宿莽。

日月忽其不淹兮，春与秋其代序。惟草木之零落兮，恐美人之迟暮。

離騷

帝高陽之苗裔兮朕皇
考曰伯庸攝提貞于孟陬

兮惟庚寅吾以降皇覽揆
余于初度兮肇錫余以嘉
名余曰正則兮字余曰靈
均紛吾既有此內美兮又重

之以修能扈江離與辟芷

明 文徵明　行草《离骚》

屈原《离骚》，见第142页

明 文徵明 | **湘君湘夫人图**（局部）

《九歌·湘君、湘夫人》，见第 156、160 页

若有人兮山之阿，被薜荔兮带女萝。
既含睇兮又宜笑，子慕予兮善窈窕。
乘赤豹兮从文狸，辛夷车兮结桂旗。
被石兰兮带杜衡，折芳馨兮遗所思。
余处幽篁兮终不见天，路险难兮独后来。
表独立兮山之上，云容容兮而在下。
杳冥冥兮羌昼晦，东风飘兮神灵雨。
留灵修兮憺忘归，岁既晏兮孰华予。
采三秀兮于山间，石磊磊兮葛蔓蔓。
怨公子兮怅忘归，君思我兮不得闲。
山中人兮芳杜若，饮石泉兮荫松柏。
君思我兮然疑作。
雷填填兮雨冥冥，猨啾啾兮狖夜鸣。
风飒飒兮木萧萧，思公子兮徒离忧。

山鬼

元 赵孟頫（传）| 九歌图（局部）

《九歌·山鬼》，见第 164 页

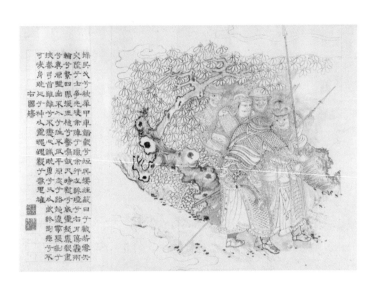

元 张渥 | **九歌图**（局部）

诚既勇兮又以武，终刚强兮不可凌。

身既死兮神以灵，魂魄毅兮为鬼雄！

《九歌·国殇》，见第 167 页

不抚壮而弃秽兮，何不改乎此度？

乘骐骥以驰骋兮，来吾导夫先路。

昔三后之纯粹兮，固众芳之所在。

杂申椒与菌桂兮，岂维纫夫蕙茝？

彼尧舜之耿介兮，既遵道而得路。

何桀纣之猖披兮，夫唯捷径以窘步。

惟夫党人之偷乐兮，路幽昧以险隘。

岂余身之惮殃兮，恐皇舆之败绩。

忽奔走以先后兮，及前王之踵武。

荃不察余之中情兮，反信谗而齌怒。

余固知謇謇之为患兮，忍而不能舍也。

指九天以为正兮，夫唯灵修之故也。

曰黄昏以为期兮，羌中道而改路。

初既与余成言兮，后悔遁而有他。

余既不难夫离别兮，伤灵修之数化。

余既滋兰之九畹兮，又树蕙之百亩。

畦留夷与揭车兮，杂杜蘅与芳芷。

冀枝叶之峻茂兮，愿竢时乎吾将刈。

虽萎绝其亦何伤兮，哀众芳之芜秽。

众皆竞进以贪婪兮，凭不厌乎求索。

羌内恕己以量人兮，各兴心而嫉妒。

忽驰骛以追逐兮，非余心之所急。

老冉冉其将至兮，恐修名之不立。

朝饮木兰之坠露兮，夕餐秋菊之落英。

苟余情其信姱以练要兮，长顑颔亦何伤。

揽木根以结茝兮，贯薜荔之落蕊。

矫菌桂以纫蕙兮，索胡绳之纚纚。

謇吾法夫前修兮，非世俗之所服。

虽不周于今之人兮，愿依彭咸之遗则。

长太息以掩涕兮，哀民生之多艰。

余虽好修姱以鞿羁兮，謇朝谇而夕替。

既替余以蕙纕兮，又申之以揽茝。

亦余心之所善兮，虽九死其犹未悔。

怨灵修之浩荡兮，终不察夫民心。

众女嫉余之蛾眉兮，谣诼谓余以善淫。

固时俗之工巧兮，偭规矩而改错；

背绳墨以追曲兮，竞周容以为度。

忳郁邑余侘傺兮，吾独穷困乎此时也。

宁溘死以流亡兮，余不忍为此态也！

鸷鸟之不群兮，自前世而固然。

何方圜之能周兮，夫孰异道而相安？

屈心而抑志兮，忍尤而攘诟。

伏清白以死直兮，固前圣之所厚。

悔相道之不察兮，延伫乎吾将反。

回朕车以复路兮，及行迷之未远。

步余马于兰皋兮，驰椒丘且焉止息。

进不入以离尤兮，退将复修吾初服。

制芰荷以为衣兮，集芙蓉以为裳。

不吾知其亦已兮，苟余情其信芳。

高余冠之岌岌兮，长余佩之陆离。

芳与泽其杂糅兮，惟昭质其犹未亏。

忽反顾以游目兮，将往观乎四荒。

佩缤纷其繁饰兮，芳菲菲其弥章。

民生各有所乐兮，余独好修以为常。

虽体解吾犹未变兮，岂余心之可惩！

女媭之婵媛兮，申申其詈予。

曰："鲧婞直以亡身兮，终然夭乎羽之野。

汝何博謇而好修兮，纷独有此姱节？

薋菉葹以盈室兮，判独离而不服。

众不可户说兮，孰云察余之中情？

世并举而好朋兮，夫何茕独而不予听？"

依前圣以节中兮，喟凭心而历兹。

济沅湘以南征兮，就重华而陈词：

启九辩与九歌兮，夏康娱以自纵。

不顾难以图后兮，五子用失乎家巷。

羿淫游以佚畋兮，又好射夫封狐。

固乱流其鲜终兮，浞又贪夫厥家。

浇身被服强圉兮，纵欲而不忍。

日康娱以自忘兮，厥首用夫颠陨。

夏桀之常违兮，乃遂焉而逢殃。

后辛之菹醢兮，殷宗用而不长。

汤禹俨而祗敬兮，周论道而莫差；

举贤而授能兮，循绳墨而不颇。

皇天无私阿兮，览民德焉错辅。

夫维圣哲以茂行兮，苟得用此下土。

瞻前而顾后兮，相观民之计极。

夫孰非义而可用兮，孰非善而可服？

阽余身而危死兮，览余初其犹未悔。

不量凿而正枘兮，固前修以菹醢。

曾歔欷余郁邑兮，哀朕时之不当。

揽茹蕙以掩涕兮，沾余襟之浪浪！

跪敷衽以陈辞兮，耿吾既得此中正。

驷玉虬以乘鹥兮，溘埃风余上征。

朝发轫于苍梧兮，夕余至乎县圃。

欲少留此灵琐兮，日忽忽其将暮。

吾令羲和弭节兮，望崦嵫而勿迫。

路曼曼其修远兮，吾将上下而求索。

饮余马于咸池兮，总余辔乎扶桑。

折若木以拂日兮，聊逍遥以相羊。

前望舒使先驱兮，后飞廉使奔属。

鸾皇为余先戒兮，雷师告余以未具。

吾令凤鸟飞腾兮，继之以日夜。

飘风屯其相离兮，帅云霓而来御。

纷总总其离合兮，斑陆离其上下。

吾令帝阍开关兮，倚阊阖而望予。

时暧暧其将罢兮，结幽兰而延伫。

世溷浊而不分兮，好蔽美而嫉妒。

朝吾将济于白水兮，登阆风而绁马。

忽反顾以流涕兮，哀高丘之无女。

溘吾游此春宫兮，折琼枝以继佩。

及荣华之未落兮，相下女之可诒。

吾令丰隆乘云兮，求宓妃之所在。

解佩纕以结言兮，吾令蹇修以为理。

纷总总其离合兮，忽纬繣其难迁。

夕归次于穷石兮，朝濯发乎洧盘。

保厥美以骄傲兮，日康娱以淫游；

虽信美而无礼兮，来违弃而改求。

览相观于四极兮，周流乎天余乃下。

望瑶台之偃蹇兮，见有娀之佚女。

吾令鸩为媒兮，鸩告余以不好；

雄鸠之鸣逝兮，余犹恶其佻巧。

心犹豫而狐疑兮，欲自适而不可。

凤皇既受诒兮，恐高辛之先我。

欲远集而无所止兮，聊浮游以逍遥。

及少康之未家兮，留有虞之二姚。

理弱而媒拙兮，恐导言之不固。

世溷浊而嫉贤兮，好蔽美而称恶。

闺中既以邃远兮，哲王又不寤。

怀朕情而不发兮，余焉能忍与此终古。

索薆茅以筳篿兮，命灵氛为余占之。

曰："两美其必合兮，孰信修而慕之？

思九州之博大兮，岂唯是其有女？"

曰："勉远逝而无狐疑兮，孰求美而释女？

何所独无芳草兮，尔何怀乎故宇？

世幽昧以眩曜兮，孰云察余之善恶？

民好恶其不同兮，惟此党人其独异。

户服艾以盈要兮，谓幽兰其不可佩。
览察草木其犹未得兮，岂珵美之能当？
苏粪壤以充帏兮，谓申椒其不芳。"
欲从灵氛之吉占兮，心犹豫而狐疑。
巫咸将夕降兮，怀椒糈而要之。
百神翳其备降兮，九疑缤其并迎。
皇剡剡其扬灵兮，告余以吉故。
曰："勉升降以上下兮，求榘矱之所同。
汤禹严而求合兮，挚咎繇而能调。
苟中情其好修兮，又何必用夫行媒？
说操筑于傅岩兮，武丁用而不疑。
吕望之鼓刀兮，遭周文而得举。
宁戚之讴歌兮，齐桓闻以该辅。
及年岁之未晏兮，时亦犹其未央。
恐鹈鴃之先鸣兮，使夫百草为之不芳。"
何琼佩之偃蹇兮，众薆然而蔽之？
惟此党人之不谅兮，恐嫉妒而折之。
时缤纷其变易兮，又何可以淹留？
兰芷变而不芳兮，荃蕙化而为茅。
何昔日之芳草兮，今直为此萧艾也？
岂其有他故兮，莫好修之害也！

余以兰为可恃兮，羌无实而容长。

委厥美以从俗兮，苟得列乎众芳。

椒专佞以慢慆兮，樧又欲充夫佩帏。

既干进而务入兮，又何芳之能祗？

固时俗之流从兮，又孰能无变化？

览椒兰其若兹兮，又况揭车与江离？

惟兹佩之可贵兮，委厥美而历兹。

芳菲菲而难亏兮，芬至今犹未沫。

和调度以自娱兮，聊浮游而求女。

及余饰之方壮兮，周流观乎上下。

灵氛既告余以吉占兮，历吉日乎吾将行。

折琼枝以为羞兮，精琼爢以为粻。

为余驾飞龙兮，杂瑶象以为车。

何离心之可同兮，吾将远逝以自疏。

邅吾道夫昆仑兮，路修远以周流。

扬云霓之晻蔼兮，鸣玉鸾之啾啾。

朝发轫于天津兮，夕余至乎西极，

凤皇翼其承旗兮，高翱翔之翼翼。

忽吾行此流沙兮，遵赤水而容与。

麾蛟龙使梁津兮，诏西皇使涉予。

路修远以多艰兮，腾众车使径待。

路不周以左转兮，指西海以为期。

屯余车其千乘兮，齐玉轪而并驰。

驾八龙之婉婉兮，载云旗之委蛇。

抑志而弭节兮，神高驰之邈邈。

奏《九歌》而舞《韶》兮，聊假日以媮乐。

陟陞皇之赫戏兮，忽临睨夫旧乡。

仆夫悲余马怀兮，蜷局顾而不行。

乱曰：已矣哉！

国无人莫我知兮，又何怀乎故都！

既莫足与为美政兮，吾将从彭咸之所居。

　　《离骚》是屈原的代表作，是我国文学史上第一首自叙性抒情诗。"离骚"的题意是什么？有几种不同的说法。有的认为是离别的忧愁，有的认为是遭遇忧患，有的认为指多重牢骚，有的认为是楚地民歌乐曲名。其实这些说法并不矛盾，而是可以结合起来理解，即"离骚"原为楚调，大约乐曲悲壮顿挫，婉转有致，宜于表现抑郁不平之慨，因此善于汲取民歌精华的屈原在遭到楚王疏远贬斥后便借此调为题，以抒发其内心郁结、苦闷矛盾及对理想的追求。

　　本篇有三百七十三句，近二千五百字，为我国文学史上第一长诗。第一段自"帝高阳之苗裔兮"至"岂余心之可惩"，诗人自叙身世、品德、志趣、理想，以及朝中谗人对他的诬陷，楚王的昏庸不明，揭露了朝政的黑暗混乱，表现了坚持高洁的诗人与当朝权贵的矛盾斗争。这一段有四个层次，我们不妨用篇中的诗句来概括："乘骐骥以驰骋兮，来吾导夫先路"，写诗人愿为楚王先驱以改革朝政的怀抱；"岂余身之惮殃兮，恐皇舆之败绩"，写诗人为国为君的忠诚；"亦余心之所善兮，虽九死其犹未悔"，写诗人面对谗人的诬陷和楚王的昏庸决不妥协的意志；"民生各有所乐兮，余独好修以为常"，说朝政的腐朽、时俗的黑暗腐蚀了人们的灵魂，然而诗人出污泥而不染，坚持修养自己，因此能做到"余既有此内美兮，又重之以修能"。

第二段自"女嬃之婵媛兮"至"余焉能忍与此终古"，写诗人受到女嬃的责备，遂陈词舜帝，从上古三代德兴暴亡的历史得出经验教训，于是便上下求索，去寻求理想的贤君。可是当他欲上天庭求女时，受阻于帝阍；要在下界求女时，又一再碰壁。"理弱而媒拙兮，恐导言之不固"，诗人一求宓妃，二求有娀，三求二姚，一无所获，其原因就在于媒理的笨拙无能，说合之词靠不住，故导致求女的失败。求女无成也就意味着理想之君无从寻觅。

第三个段落自"索藑茅以筳篿兮"至"吾将彭咸之所居"，诗人就去留问题问卜灵氛，决疑巫咸，欲远游他乡异国去寻求禹、汤、文、武一类的贤君。可是正当他准备启程时，看到了养育他的故乡，却不忍离去。美政无从实现，而祖国令人依恋，诗人唯有效法前贤，像彭咸一样，走投水自沉、以死殉国之路了。

概括而言，第一部分着重写诗人理想与现实的矛盾，在现实生活中的遭遇与斗争，第二、三部分则着重写诗人内心世界的苦闷和矛盾。三个段落之间结构紧密，层层递进，从而塑造出诗人坚持节操，热爱祖国，为理想而献身的抒情形象。

诗中所描写的屈原的形象感动了千千万万的读者，为人们所敬仰，这主要得力于诗篇的强烈的表现力。最为引人瞩目的是比兴手法的运用。无论是现实生活中的遭遇，还是理想中的境界，诗人都不是直叙其事，而是用婉曲的写法来表现。如衣芙蓉，戴高冠，饮坠露，餐秋菊，佩幽兰，树蕙芷，求宓妃，慕三后，怨灵修，依彭咸，问卜灵氛，决疑巫咸，恐美人迟暮，惧皇舆败绩，如此等等，诗人以香草美人以喻圣君贤臣，以恶草臭物以比奸臣小人。由于诗人成功的创造，使这些比喻具有象征意义而为后人所广泛征引。司马迁概括说："其文约，其辞微，其志洁，其行廉，其称文小而其指极大，举类迩而见义远。"指出诗人以小见大、辞微意远、寓意深刻的艺术特色。

其次是想象丰富而奇特。诗人神思飞越，展开想象的翅膀，翱翔在神话和传说的境界中，与神灵直接对话。其中既有上古的圣君尧、舜、禹、汤，也有淫乱的启、羿、浞浇，有传说的美女宓妃、有娀、二姚，有自然神羲和、飞廉、望舒，有仙界的百神、西皇等等。当诗人内心苦闷彷徨为去留而犹豫时，或向他们倾诉衷曲，或请他们指点疑难，有时则命令他们为自己服役，让他们驾车，或奔走，或传话，如此等等，构成了一个迷离恍惚的神话世界，奇幻瑰丽，其"想象力丰富瑰玮到这样，何止中国，在世界文学作品中，除了但丁《神曲》外，恐怕还没有几家够得上比较哩"（梁启超

《屈原研究》)。《离骚》因而成为我国文学史上第一首里程碑式的浪漫主义杰作。

再次是问答式寓言体的运用。全篇三个部分，第一段主要以比兴体和内心独白的方式描写诗人的生活道路和政治遭遇，第二、三段则主要运用问答式寓言体来描写诗人内心世界的追求和矛盾。为了进一步深化主题，诗人虚构了女嬃、灵氛和巫咸三位神巫式的人物，与他们对话，商讨出路和前途问题，这实际上是诗人内心苦闷的形象性描写。这三个人物，女嬃是女性，灵氛和巫咸是男性，诗人根据他们的性别写出他们不同的口气和说话内容。与女嬃的对话，反映诗人对世俗的蔑视；与灵氛和巫咸的对话，则反映诗人内心去与留的思想斗争。诗人品德高尚，意志坚决，但内心也并非没有苦恼和矛盾。他敢于剖露心迹，尽情倾诉，最后终于作出正确的抉择，以对祖国的深挚感情打消去国远游的想法。比兴体和寓言体的同时运用，使得全诗变化起伏，一波三折，"极开阖抑扬之变"（刘熙载《艺概·赋概》）。

在语言运用方面，《离骚》与《诗经》四言诗的整齐划一迥然有别，以六言为主而又长短不齐，显得自由活泼，参差错落，具有顿挫抑扬之致。一是虚字用得多，如"之""于""以""而""乎"等，因此句式放长，容量增大，表现力强。二是大量运用楚地方言土语，如"兮""羌""汩""蹇"等，体现了浓郁的楚风楚味。三是词藻富赡，绚丽多彩。如表示观察之意，就有"览""揆""相""观"等不同的字，以示程度的差别，可见诗人能够根据表现的需要选用同义词、近义词或反义词。再如熟练地运用联绵词"菲菲"

"蜿蜿""啾啾""翼翼""邈邈""委蛇""晻蔼"等，以形容事物的不同情状，生动而传神。另如对偶、排比句式的运用，也增添了诗章整炼的韵致。

　　总之，《离骚》以其宏伟的篇章、鲜明的形象、磅礴的气势、神奇的境界、瑰奇的文采、热烈的爱憎，取得了空前的艺术成就，"惊采绝艳"（刘勰《文心雕龙·辨骚》），在世界文学史上占有重要的地位，因此在一九五三年，屈原被列为世界文化名人，从而受到全世界人民的爱戴和纪念。

（朱碧莲）

九 歌

（选四）

湘 君

君不行兮夷犹，蹇谁留兮中洲？

美要眇兮宜修，沛吾乘兮桂舟。

令沅湘兮无波，使江水兮安流。

望夫君兮未来，吹参差兮谁思？

驾飞龙兮北征，邅吾道兮洞庭。

薜荔柏兮蕙绸，荪桡兮兰旌。

望涔阳兮极浦，横大江兮扬灵。

扬灵兮未极，女婵媛兮为余太息。

横流涕兮潺湲，隐思君兮陫侧。

桂棹兮兰枻，斲冰兮积雪。

采薜荔兮水中，搴芙蓉兮木末。

心不同兮媒劳，恩不甚兮轻绝。

石濑兮浅浅，飞龙兮翩翩。

交不忠兮怨长，期不信兮告余以不闲！

朝骋骛兮江皋，夕弭节兮北渚。

鸟次兮屋上，水周兮堂下。

捐余玦兮江中，遗余佩兮澧浦。

采芳洲兮杜若，将以遗兮下女。

时不可兮再得，聊逍遥兮容与！

　　古人祭祀"山川之神"，采用的是"望祀"方式，即"遥望而致其祭品"，故所祭神灵，即使在想象中，也不降临祭祀现场。不过，迎神巫者仍须打扮成它们的模样，作四处寻找、邀迎情状，以倾诉对神灵的怀思和祈祝。《湘君》全篇，正是托为迎神巫者口气，以缠绵悱恻之辞，抒写了人们接迎湘水男神而不临的哀怨和怀思①。

　　诗之开篇，迎神巫者尚未登场，一阵清越而略带哀愁的歌声，已在清波长天间飞扬："君（指神灵）不行兮夷犹，蹇谁留兮中洲?"歌声未歇，江波上已转出一艘飞驶的小舟。迎神巫者正衣袂飘飘，伫立船头——他仪态潇洒，修饰美好，正是传说中的"湘君"模样（案："巫风"降神的特点之一，就是迎神巫者必须装扮得与所迎神灵相仿，神灵才乐意"附身"）。悠长的歌韵，唱出了他对神灵久留

---

　　①　不少研究者以"神、神恋爱""人、神恋爱"解说屈原《九歌》的内容，当然也无可非议。但据笔者研探，《九歌》所述乃民间巫觋降神、祭神、娱神活动。而《湘君》《湘夫人》《山鬼》《河伯》等篇，所祭乃"山川之神"，本不"降临"祭祀现场。诗人正是根据这一特点，构思了巫者迎神而神不临的情节，以抒写人们不遇神灵的牵思和哀情，其中似无"恋爱"之类内容。故在这里提供对《湘君》等篇的不同解说，供读者参考。

洲中的满腹疑思；一江风波，更烘托出他此刻心潮的迭荡不安。"令沅湘兮无波"二句，堪称诗人的神来之笔，将对祭祀环境的描绘，巧妙地寓于主人公的祝祷辞中，既展现了江湘之水浩荡千里的空阔境界，又传达了迎神巫者希望神灵平安降临的动情心愿。然而，畅流的江湘既没有消歇浪波，期待的神灵也依然未能来临。于是他奏起幽幽排箫，穿透涛浪，不绝如缕，诉说着对神灵的多少思情！

自"驾飞龙兮北征"以下，焦灼的主人公不再等待。他驾起龙舟，开始顺湘而下，去四处寻找神灵。湘水在战国时代不仅流经洞庭，还继续北下与大江相汇。因此，洞庭、涔阳直至大江，都在湘君的活动范围之内。这就为主人公的寻找，提供了极广大的空间。适应这一特点，诗人笔走千里，极有气势地展现了主人公顺湘"北征"、在烟波浩淼的洞庭湖畔"遭（转）道"，以及来到涔阳之浦的景象。一路船行如飞，旗旌招展，加之清波荡漾，秋风阵阵，把主人公的寻觅之行，抒写得极有声色。当主人公怀着一片精诚横渡大江之时，诗人又突以"扬灵兮未极（至）"一笔顿断。一场深情的寻找，终于在涛浪万里的大江上受挫。如此大开大阖的运笔，原来都在为后文"蓄势"，以最终逼出"横流涕兮潺湲，隐（痛）思君兮陫侧"二句。主人公那不遇神灵的全部哀伤，终于在泪水滂沱中以破闸之势涌出。

伤痛的突发过后，便是绵绵不尽的哀怨。自"桂棹兮兰枻"以下，笔势渐缓。主人公怀着深切的哀伤，从大江畔掉舟南浮，踏上归程。这一节主要运用写景和比兴，来映衬和引发主人公的哀怨之情。"桂棹"二句，形容船儿逆水冲浪、水波如雪飞积景象，历历如画。而冰雪意象所带有的凛冽之感，不正给主人公的心头更增添了一片悲凉？"采薜荔"二句，故意颠倒事理，来表现主人公"缘木求鱼"式的迎神不遇，笔底正有无限的失意和怅惘之情流淌。"石濑兮浅浅"二句，描述小船在山石嶙峋的川流间颠簸；读者当然也感觉到了，这颠簸摇荡的，还有主人公那颗哀惋难抑的心。正是这些景物和比兴意象的映衬、烘托，使主人公幽幽而发的"心不同兮媒劳""交不忠兮怨长"的叹息，愈加凄切地搅扰了读者的心，令人黯然神伤。

"朝骋骛兮江皋"以下，为全诗结尾。迎神巫者舍舟登车，在江畔、北渚作寻觅神灵的最后努力。直到暮霭沉沉，神灵终于不临，这场"望祀"湘君的活动便进入了尾声：在热情的歌唱中，人们将祭品"玉玦"投入湘江，把"玉佩"送往澧浦；再采来馨香的杜若，献给湘君的侍女。大家齐声祝祷：愿神灵优游、欢乐，度过这春、秋献祭的美好时光！

《湘君》是一首祭歌，又是一首美妙的抒情诗。它与《九歌》其他篇章一样，在艺术表现上采用了"代拟"方式。对于民间的祭祀活动，屈原无疑是熟悉的。但祭祀背景的展现，迎神情节的构思，主人公在特定场景中的情感抒发，实均出于诗人设身处地的虚拟。屈原以丰富的想象力，将对"湘君"的"望祀"活动，展开在沅湘、洞庭那横贯数百里的广阔空间，通过"北征""横江"等情节的虚构，代为迎神巫者抒发"久待"中的焦虑、"远迎"中的虔诚和失望，以及不遇神灵的哀怨之情。令人感到，它仿佛正是迎神巫者内心情感的真切流露，而不是出于诗人的悬想和代拟。"悬想"
的表现方式，在《诗经》中早有先例。但全篇的"代拟"，则是屈
原《九歌》的创造。《湘君》正是在这方面，达到了情景交融的
妙境。

（潘啸龙）

湘　夫　人

帝子降兮北渚，目眇眇兮愁予。

嫋嫋兮秋风，洞庭波兮木叶下。

登白薠兮骋望，与佳期兮夕张。

鸟何萃兮蘋中？罾何为兮木上？

沅有茝兮澧有兰，思公子兮未敢言。

荒忽兮远望，观流水兮潺湲。

麋何食兮庭中？蛟何为兮水裔？

朝驰余马兮江皋，夕济兮西澨。

闻佳人兮召予，将腾驾兮偕逝。

筑室兮水中，葺之兮荷盖。

荪壁兮紫坛，播芳椒兮成堂。

桂栋兮兰橑，辛夷楣兮药房。

罔薜荔兮为帷，擗蕙櫋兮既张。

白玉兮为镇，疏石兰兮为芳。

芷葺兮荷屋，缭之兮杜衡。

合百草兮实庭，建芳馨兮庑门。

九嶷缤兮并迎，灵之来兮如云。

捐余袂兮江中，遗余褋兮澧浦。

搴汀洲兮杜若，将以遗兮远者。

时不可兮骤得，聊逍遥兮容与。

　　祭过湘君，接迎湘夫人的祭礼又开始了。因为湘夫人也不降临祭祀现场，故诗之开笔，便是满怀哀愁的幽幽唱叹："帝子（指湘夫人）降兮北渚，目眇眇兮愁予。"——装扮成湘夫人的美丽女巫，正向着烟波迷茫的"北渚"眺望，恍惚间似见神灵在远处飘然而降，转眼间却又消逝得无影无踪，心中不禁充满了愁思。接着二句又从女主人公眼中，勾勒了长天秋日下的一派清丽景象："嫋嫋（持续不断）兮秋风，洞庭波兮木叶下。"这两句曾被明人胡应麟赞为"形容秋景如画"，并与宋玉《九辩》首四句一起，推之为"千古言秋之祖"。其实，它们不只是"景语"，实亦为"情语"：将迎神女巫不见神灵的惆怅、落寞之情，融于八百里洞庭的波风落叶声中，愈发显得凄清和悲凉。

　　于是主人公也开始了对神灵的苦苦寻觅：她一会儿踏上长满蘋草的湖岸向四处张望，喃喃诉说着已将迎接夫人的帷帐设好；一会儿又飘然出现于沅水、澧浦，默默采摘着白芷、兰草，以寄托对神灵的无言怀思。"思公子兮未敢言"，写得颇微妙：女主人公的思念，本有千言万语埋藏心头，但要启齿吐露，又不知从何说起？所谓"未敢"，不是不敢，实在是难于为言呢！何况她无论走到哪里，见到的都只是浩浩烟波、"潺湲"流水，哪儿有湘夫人的倩影？在抒写这一无望的寻觅时，诗中特意穿插了两组事理颠倒的景象："鸟何萃（止）兮蘋中？罾（鱼网）何为兮木上？""麋何食兮庭中？蛟何为兮水裔（边）？"汉人王逸将这些都视为比兴，以喻"所愿不得，失其所也"，来表现巫者迎神的不遇。这当然也有道理。不过，在富于浪漫主义想象的屈原笔下，它们更可能是一种情感"幻觉"。迎神巫者在"精神恍惚"（"荒忽兮远望"）的失意之中，是完全可能出现这种不近常理的幻景的。明白了这一层，则"闻佳人兮召予"二句的真实含义，也就容易把握了：它同样是女主人公的一种错觉——当她在傍晚渡过"西澨"（水边）的时候，远处的风声偏又与她作怪，听去全幻成了湘夫人的深情呼唤！这便使她于失望之际，不觉又生出一线希冀。

自"筑室兮水中"至"灵之来兮如云"，为全诗情感发展的高潮。迎神女巫带着风传的一线希望，兴奋地为湘夫人的到来构筑美丽的"水室"。这水室修饰得何其芳馨：荷盖荪壁、椒堂桂栋；薜荔为帷、白玉镇席；屋上还缠绕杜衡，庭中更遍布香草！它几乎荟萃了人世间所有的奇花异卉，表现了人们对神灵到来的多少珍视和欢乐！诗人在这一节作了小小的铺张，诗之节奏也轻快、跳跃——那简直是女主人公向神灵口角传情的夸耀：湘夫人哪，连九嶷山神全都被吸引"来"了，你岂可错过了降临祭室的美好良机！这一切自然也鼓舞了读者，大家欣喜地期待着：诗人将怎样展现湘夫人降临时的美好风姿？

直到结尾"捐余袂兮江中"出现，人们才从充满希冀的情感之巅跌落：美丽的湘夫人和湘君一样，终竟未能降临。人们只好带着深切的惆怅，把献给神灵的衣袂、褋衫（贴身之衣），沉入江中，送往澧浦；并对着洞庭的万顷烟波，遥祝湘夫人度过这美好的良辰。

《湘夫人》和《湘君》立意相似，而构思、布局又有不同：《湘君》的抒写，似乎重在"纪行"式的"动态"再现，其情感抒发伴随着主人公大开大阖的寻觅和受挫，采用了逐层递进的方式，全诗自始至终为浓重的忧伤和哀怨所笼罩。《湘夫人》则更多"静态"的展示，其情感抒发，主要借助于环境景物的烘托和幻觉意象的映衬，呈现出一种扑朔迷离之美。诗之开章，在波风落叶中表现迎神女巫的哀愁；随着"远望"神灵而不见的情节展开，女主人公的哀伤似乎正要循着《湘君》的路子逐层加深。诗人却借助于"闻佳人兮召予"的幻境，突然中止了哀怨的递进，使之在一线希望中跳向相反的一极。构筑"水室"一节，正是在这绚烂的铺排中，表现了一种突如其来的兴奋和欢乐。只是到了结尾才一下"跌转"，以湘夫人的不临，使前文铺排的缤纷景象，顿如海市蜃楼一样倏然幻灭。女主人公的怀思和哀伤，正是在欢快的上升和跌落之中，被表现得愈加凄惋动人的。诗人这种变化多姿的艺术表现，使《湘夫人》和《湘君》珠联璧合，辉映千古！

（潘啸龙）

山 鬼

若有人兮山之阿，被薜荔兮带女萝。

既含睇兮又宜笑，子慕予兮善窈窕。

乘赤豹兮从文狸，辛夷车兮结桂旗。

被石兰兮带杜衡，折芳馨兮遗所思。

余处幽篁兮终不见天，路险难兮独后来。

表独立兮山之上，云容容兮而在下。

杳冥冥兮羌昼晦，东风飘兮神灵雨。

留灵修兮憺忘归，岁既晏兮孰华予？

采三秀兮于山间，石磊磊兮葛蔓蔓。

怨公子兮怅忘归，君思我兮不得闲。

山中人兮芳杜若，饮石泉兮荫松柏。

君思我兮然疑作。

雷填填兮雨冥冥，猿啾啾兮狖夜鸣。

风飒飒兮木萧萧，思公子兮徒离忧！

《山鬼》是"望祀"山神的祭歌。按照《左传》《国语》的记载，山神大抵为"木石之怪""魑魅魍魉"，多带妖魅之气。但楚人生长于南国山泽，那青嶂碧水、白芷绿荷所带给他们的，大多是富于浪漫情调的清绮之思。连楚地的山神，竟也一扫森怖之状，变成了美丽动人的女郎。

作为"山川之神","山鬼"姑娘自然也不降临祭祀现场。所以在诗人的构思中，女巫的迎神结局，也带有浓重的悲剧色彩。不过在开初，迎神女巫似乎并不了解这一点：此刻她打扮成山鬼模样，正喜孜孜走在山林间哩——诗之起笔"若有人兮山之阿"，是一个远镜头。诗人下一"若"字，正绝妙地展示了"山鬼"所特有的轻盈、缥缈之态。镜头拉近，便见一位身披薜荔、腰束松萝、清新扑面的女郎：她一双秀目微微流转，浮漾着几多情意；嫣然一笑，齿如编贝，更使笑靥生辉！"既含睇（微视）兮又宜（齿好貌）笑"一句，只从眼神和笑貌稍加点染，便觉分外轻灵、动人。女巫模仿山鬼的装束、形貌，原本就为了引得神灵的"附身"，故接着便是一句"子慕予兮善窈窕"——我是如此美好，可不让你爱慕死了！口吻也符合山鬼姑娘的爽朗性格，开口便是不假掩饰的自赞自夸。

这一节通过迎神女巫的装束、神态为山鬼画像，应该说已颇精妙了。但诗人却还嫌气氛冷清了些，所以又将镜头推开，色彩浓烈地展现她的车驾随从："乘赤豹兮从文狸，辛夷车兮结桂旗。被石兰兮带杜衡，折芳馨兮遗（送）所思。"——这真是一次堂皇、欢快的行进：火红的豹子、毛色斑斓的花狸，还有开着笔尖似花朵的辛夷木、芬芳四溢的桂花枝……诗人用这一切奇花异兽，来充当女巫的旗仗车从，既切合所迎神灵的环境、身份，又将她手拈花枝、笑盈盈前往迎神的气氛，烘托得格外热烈、欢快。

自"余处幽篁（竹林）兮终不见天"以下，情节出现了曲折。由于山高路险、竹林幽深，满怀喜悦的迎神巫者耽误了时间，竟没能迎见山鬼神灵。她懊伤、哀叹，忽而"表独立兮山之上"，俯瞰四近的山林，希冀能发现神灵的踪影；但冉冉升腾的云雾，遮蔽了她的视野。她忽而行走在幽深的林中，但古木森森、昏暗如夜；山间的飘风、阵雨，虽然均为神灵所催发，但山鬼就是不露面。人们祭祀山神，无非想求得神灵降福，延年益寿。现在不遇神灵，女主人公能不哀哀叹息："岁既晏（晚）兮孰华予（常驻华年）？"为了宽慰年华不再的落寞之伤，她便在山林间饮服山泉、采食一年三次开花的芝草（传说它能"令人寿千岁不老，能乘云通天、见鬼神"），希望能因此接遇神灵。这些描述，写的虽是迎神女巫山中寻觅的种种思虑，而表达的正是世人共有的愿望和惆怅之情。诗人描述女主人公的寻觅神灵过程，还特别注意刻画她的微妙心理："怨公子（指山鬼）兮怅忘归"，分明对神灵产生了幽怨；"君思我兮不得闲"，转眼却又怨气顿消，反去为山鬼的不临辩解起来。"山中人兮芳杜若"，这"人"正是装扮山鬼的女巫（与"神灵"相对待），与开头的"子慕予兮善窈窕"相仿，似乎还是自赞自夸；但放在四处寻觅神灵而不遇的此刻，又隐隐透露着一种哀伤中的自惜和自怜。"君思我兮然疑作"，对神灵不临既思念又疑虑的，明明是主人公自己，但在开口诉说之时，却又推说是神灵对自己的"然疑"（半信半疑）。这些诗句，在表现女巫迎神不遇的复杂心理上，均精妙入微。

到了诗之结尾，主人公对神灵的降临已趋绝望，诗中便出现了凄厉长啸的变徵之音。"雷填填兮雨冥冥"三句，将雷鸣、猿啼、风声、雨影交织在一起，展现了一幅极为悲凉的山林夜景图。诗人在这里似乎运用了"反衬"的手法：他愈是渲染山林间的哀哀夜声，便愈加衬出巫者所处环境的幽深和凄寂。正是在这凄风苦雨的无边静寂中，诗之收笔却是一句突然迸发的呼告语："思公子兮徒离（遭遇）忧！"这是发自迎神女巫心头的痛切呼号，它凝聚了人们苦苦追寻神灵而不遇的全部哀思。这位美丽女巫，开初曾那样喜悦地驾乘赤豹、手拈花枝，沿着曲曲山隈走向神灵的栖身之所；至此又带着无限的愁思和哀怨，在凄风苦雨中呼号离去——这就是屈原笔下的《山鬼》，借迎神不遇之辞，抒写了一首多么缠绵的悲歌！

（潘啸龙）

国　殇

操吴戈兮被犀甲，车错毂兮短兵接。

旌蔽日兮敌若云，矢交坠兮士争先。

凌余阵兮躐余行，左骖殪兮右刃伤。

霾两轮兮絷四马，援玉枹兮击鸣鼓。

天时坠兮威灵怒，严杀尽兮弃原野。

出不入兮往不反，平原忽兮路超远。

带长剑兮挟秦弓，首身离兮心不惩。

诚既勇兮又以武，终刚强兮不可凌。

身既死兮神以灵，魂魄毅兮为鬼雄！

无主之鬼谓之"殇"。《国殇》，是一首追悼为国捐躯的楚国将士的悲壮祭歌。

全诗共分两节：第一节描述抗击敌寇侵犯的激烈战斗场面和将士们有进无退的拼死搏击情景；第二节以极大的敬意，颂悼战死疆场的将士们的捐躯精神和壮烈气节。

诗之开篇，即以高亢的调子、雄迈的笔触，再现了一场短兵相接的激战：楚国将士们身披犀甲、手执吴戈，在战车疾驰、车毂相错之中与敌人搏杀。"旌蔽日兮敌若云"一句，点明这是一场敌我力量悬殊的恶战。敌方凭借兵力的优势，突破了楚师之阵，成百辆战车已将楚军的行列冲乱。形势真是千钧一发！这就是"凌余阵兮躐（liè，践踏）余行"所反映的战场态势。正是在这样的时刻，诗人笔下突然驰出一辆楚之主将指挥的战车；左马已中箭倒毙，戎右（车上居右的甲士）也伤于刀刃。但这位主将却毫无惧色，他当机立断，埋（即"霾"）定车轮，系住右马，举起饰玉之槌（"玉枹"），又擂响了隆隆的战鼓！军之进击听于鼓。这不息的鼓声振奋了三军，士卒们全像获得了神力，又发动了对敌人的殊死反击。苍天含怒，战气肃杀，尘烟冲腾的原野上，正延续着一场多么惨烈的拚杀！"严杀（残杀）尽兮弃原野"——楚之将士们壮烈捐躯了，但进犯之敌也没有一个能逃遁、生还。这一节在写法上主要是笔致雄放的"动态"描摹，其视角和运笔也变动不滞：开始是敌我接战的全景式鸟瞰，场面壮阔，色彩浓烈，在旌旌、日光的辉耀中，大笔铺写敌强我弱、兵溃在即的紧急态势。然后由全景转为"特写"，精雕细刻地勾勒楚之主将屹立中流、力挽狂澜的壮怀雄姿。最后又将镜头拉开，表现楚军的奋起反击和与敌人同归于尽的惨烈拼搏。

写得雄浑悲壮、气干云霄！

　　第二节抒写诗人对捐躯将士的凭吊和祭奠，运用的是静态展示和长声咏叹的写法。此刻，一场气壮山河的拚搏过去了，疆场上一片沉寂。展现在读者眼底的，是刚刚与敌人搏斗后楚国将士血染征袍、壮躯相枕的惊心动魄景象：这里倒卧着身佩长剑的将领，腋下还紧紧挟着硬弓；那里还僵立着死去不久的士卒，虽然身首相离，脑间似还搏动着怒吼杀敌的不屈壮心。撕裂的战旗，大抵还在风中猎猎作响；而无边的天地间，正升起泪水迸涌的诗人那悲恸而庄严的颂悼之声：呵！将士们！你们雄赳赳地奔赴遥远的疆场，哪考虑过什么侥幸生还？你们身首分离，爱国壮心却勃勃不息！你们英勇威武，刚强果敢，不可凌犯！你们身虽捐亡，但英气长存，死去也将做鬼中雄杰！读这一节诗，人们似乎能听到诗人的阵阵悲恸、声声痛哭。

　　全诗对战争场景的描摹，激烈悲壮，如在目前。对阵亡将士的凭吊，则又呜咽哀恸，倾注了诗人的全部深情。正因为有了前一节壮烈搏杀场景作为铺垫，使得后一节哀切有力的颂悼，具有感人的情韵。全诗熔叙事、描绘、抒情于一炉，寓悲恸的追述于辉煌、扬厉的描绘之中，比之于《九歌》其他各篇的缠绵婉转之韵，有一种高亢的阳刚之美。

（潘啸龙）

天 问

曰遂古之初，谁传道之？

上下未形，何由考之？

冥昭瞢闇，谁能极之？

冯翼惟像，何以识之？

明明闇闇，惟时何为？

阴阳三合，何本何化？

圜则九重，孰营度之？

惟兹何功，孰初作之？

斡维焉系？天极焉加？

八柱何当？东南何亏？

九天之际，安放安属？

隅隈多有，谁知其数？

天何所沓？十二焉分？

日月安属？列星安陈？

出自汤谷，次于蒙汜，

自明及晦，所行几里？

夜光何德，死则又育？

厥利维何，而顾菟在腹？

女歧无合，夫焉取九子？

伯强何处？惠气安在？

何阖而晦？何开而明？

角宿未旦，曜灵安藏？

不任汩鸿，师何以尚之？

佥曰何忧，何不课而行之？

鸱龟曳衔，鲧何听焉？

顺欲成功，帝何刑焉？

永遏在羽山，夫何三年不施？

伯禹腹鲧，夫何以变化？

纂就前绪，遂成考功。

何续初继业，而厥谋不同？

洪泉极深，何以填之？

地方九则，何以坟之？

河海应龙，何画何历？

鲧何所营？禹何所成？

康回冯怒，地何故以东南倾？

九州安错？川谷何洿？

东流不溢，孰知其故？

东西南北，其修孰多？

南北顺椭，其衍几何？

昆仑县圃，其尻安在？

增城九重，其高几里？

四方之门，其谁从焉？

西北辟启，何气通焉？

日安不到？烛龙何照？

羲和之未扬，若华何光？

何所冬暖？何所夏寒？

焉有石林？何兽能言？

焉有虬龙，负熊以游？

雄虺九首，儵忽焉在？

何所不死？长人何守？

靡蓱九衢，枲华安居？

一蛇吞象，厥大何如？

黑水玄趾，三危安在？

延年不死，寿何所止？

鲮鱼何所？鬿堆焉处？

羿焉䃅日？乌焉解羽？

禹之力献功，降省下土四方。

焉得彼涂山女，而通之于台桑？

闵妃匹合，厥身是继。

胡为嗜不同味，而快朝饱？

启代益作后，卒然离蟨。

何启惟忧，而能拘是达？

皆归射鞠，而无害厥躬。

何后益作革，而禹播降？

启棘宾商，《九辩》《九歌》。

何勤子屠母，而死分竟地？

帝降夷羿，革孽夏民。

何射夫河伯，而妻彼洛嫔？

冯珧利决，封豨是射。

何献蒸肉之膏，而后帝不若？

浞娶纯狐，眩妻爰谋。

何羿之射革，而交吞揆之？

阻穷西征，岩何越焉？

化为黄熊，巫何活焉？

咸播秬黍，莆雚是营。

何由并投，而鲧疾修盈？

白蜺婴茀，胡为此堂？

安得夫良药，不能固臧？

天式从横，阳离爰死。

大鸟何鸣，夫焉丧厥体？

蓱号起雨，何以兴之？

撰体协胁，鹿何膺之？

鳌戴山抃，何以安之？

释舟陵行，何以迁之？

惟浇在户，何求于嫂？

何少康逐犬，而颠陨厥首？

女歧缝裳，而馆同爰止。

何颠易厥首，而亲以逢殆？

汤谋易旅，何以厚之？

覆舟斟寻，何道取之？

桀伐蒙山，何所得焉？

妹嬉何肆？汤何殛焉？

舜闵在家，父何以鳏？

尧不姚告，二女何亲？

厥萌在初，何所亿焉？

璜台十成，谁所极焉？

登立为帝，孰道尚之？

女娲有体，孰制匠之？

舜服厥弟，终然为害。

何肆犬体，而厥身不危败？

吴获迄古，南岳是止。

孰期去斯，得两男子？

缘鹄饰玉，后帝是飨。

何承谋夏桀，终以灭丧？

帝乃降观，下逢伊挚。

何条放致罚，而黎服大说？

简狄在台，喾何宜？

玄鸟致贻，女何喜？

该秉季德，厥父是臧。

胡终弊于有扈，牧夫牛羊？

干协时舞，何以怀之？

平胁曼肤，何以肥之？

有扈牧竖，云何而逢？

击床先出，其命何从？

恒秉季德，焉得夫朴牛？

何往营班禄，不但还来？

昏微遵迹，有狄不宁。

何繁鸟萃棘，负子肆情？

眩弟并淫，危害厥兄。

何变化以作诈，后嗣而逢长？

成汤东巡，有莘爰极。

何乞彼小臣，而吉妃是得？

水滨之木，得彼小子。

夫何恶之，媵有莘之妇？

汤出重泉，夫何罪尤？

不胜心伐帝，夫谁使挑之？

会朝争盟，何践吾期？

苍鸟群飞，孰使萃之？

列击纣躬，叔旦不嘉。

何亲揆发足，周之命以咨嗟？

授殷天下，其德安施？

及成乃亡，其罪伊何？

争遣伐器，何以行之？

并驱击翼，何以将之？

昭后成游，南土爰底。

厥利惟何，逢彼白雉？

穆王巧梅，夫何为周流？

环理天下，夫何索求？

妖夫曳衒，何号于市？

周幽谁诛，焉得夫褒姒？

天命反侧，何罚何佑？

齐桓九合，卒然身杀。

彼王纣之躬，孰使乱惑？

何恶辅弼，谗谄是服？

比干何逆，而抑沉之？

雷开何顺，而赐封之？

何圣人之一德，卒其异方？

梅伯受醢，箕子详狂。

稷维元子，帝何竺之？

投之于冰上，鸟何燠之？

何冯弓挟矢，殊能将之？

既惊帝切激，何逢长之？

伯昌号衰，秉鞭作牧。

何令彻彼岐社，命有殷国？

迁藏就岐，何能依？

殷有惑妇，何所讥？

受赐兹醢，西伯上告。

何亲就上帝罚，殷之命以不救？

师望在肆，昌何识？

鼓刀扬声，后何喜？

武发杀殷，何所悒？

载尸集战，何所急？

伯林雉经，维其何故？

何感天抑地，夫谁畏惧？

皇天集命，惟何戒之？

受礼天下，又使至代之？

初汤臣挚，后兹承辅。

何卒官汤，尊食宗绪？

勋阖梦生，少离散亡。

何壮武厉，能流厥严？

彭铿斟雉，帝何飨？

受寿永多，夫何长？

中央共牧，后何怒？

蜂蛾微命，力何固？

惊女采薇，鹿何祐？

北至回水，萃何喜？

兄有噬犬，弟何欲？

易之以百两，卒无禄。

薄暮雷电，归何忧？

厥奉不严，帝何求？

伏匿穴处，爰何云？

荆勋作师，夫何长？

悟过改更，我又何言？

吴光争国，久余是胜。

何环穿自闾社丘陵，爰出子文？

吾告堵敖以不长。

何试上自予，忠名弥彰？

《天问》是仅次于《离骚》的长诗，三百七十三句，一千六百余言。由于诗中所引用的大量神话失传，上古的史实难考，所以索解不易，窒碍难通。宋朱熹作注时称"未详"的字样不下几十处，至于末章"薄暮雷电"以下更谓"此下皆不可晓会，今缺其义"，于此可知读懂之难了。

屈原遇谗蒙屈，眼见楚王昏庸，一意孤行，把楚国推向衰败的深渊，满腔积愤，便"发愤以抒情"，将情怀倾诉于《离骚》《九歌》等抒情诗中；或借"痛极而呼天"（丁晏《楚辞天问笺》）的形式以"抒胸中不平之恨"（林云铭《楚辞灯》），《天问》便是这样的代表作。当诗人徬徨山泽，在楚先王庙、公卿祠堂仰见绘有山川神灵、古贤圣怪物的壁画时，便"呵而问之，以泄愤懑，舒泻愁思"（王逸《楚辞章句》卷三）。天问式的诗体为屈原所首创，此后即成为文学家倾诉积愤、抗议现实的一种有力的表现方式，司马迁、李白、苏轼、辛弃疾等人都有天问式的作品，就是受到了屈原的影响。

全诗由问题组成，令人目不暇给，眼花缭乱。然而如果我们不纠缠一些暂时无法解决的问题，就诗章的整体而言，还是不难发现全诗有着清晰的脉络、完整的结构和鲜明的主题。

王夫之说："篇内事虽杂举，而自天地山川，次及人事，追述往古，终之以楚先。"（《楚辞通释》）全诗分为两大部分，上半部分一百十二句是有关自然的问题，问天地日月星辰的形成，鲧禹治水、山石怪兽的传闻等，"放言无惮，为前人所不敢言"（鲁迅《摩罗诗力说》），表现了大胆的怀疑精神，也留下了许多难解之谜。后半部分二百六十一句是关于历史的问题。从篇幅来看，历史部分占全诗三分之二强，为全诗重点。这部分由四节组成：第一节七十二句是夏王朝问题，以较多的诗句提出启、益、羿、浇、浞之间的生死斗争和夏桀荒淫亡国的问题。第二节六十八句为殷王朝的问题，主要反映殷先世王亥、王恒、舜与象、成汤与伊尹等问题。第三节七十二句有关西周王朝的问题，集中写武王伐纣、昭王、穆王、幽王的嬉游等问题。第四节四十九句为春秋时吴楚时期，突出阖闾崛起、灵王失位、昭王复国、子文兴楚等问题。从中可以看到夏商和西周的灭亡有其共同点：一是惑于女色，二是信用奸佞。夏桀亡于妹嬉，殷纣惑于妲己和奸臣雷开，周幽王则因褒姒而衰落。诗人如此集中地提出问题似非偶然，显然寓有深意。王夫之以为本篇"要归之旨，则以有道而兴，无道则丧。黩武忌谏，耽乐淫色，疑贤信奸，为废兴存亡之本。原讽谏楚王之心，于此而至"（《楚辞通释》）。林云铭亦指出"其立言之意，以三代之兴亡作骨，其所以兴在贤臣，所以亡在惑妇。惟其有惑妇，所以贤臣被斥，谗谄益张"（《楚辞灯》）。他们所说基本上概括了本篇的主旨。

　　同样是问题，诗人提问的方式有所不同，有的一句一问，有的两句一问，有的两句两问，有的三句一问，有的四句一问，或四句两问。而主要的为一句一问，两句一问和四句一问三种。一般的说，上半部分多一句一问和两句一问，后半部分则以四句一问为主。有关自然的问题涉及许多怪诞的神话传说，诗人收集后加以记载，或表示怀疑不解，或用以对抗世俗之谬说，以一句一问或两句一问为宜。而有关历史人事的传说故事，有借史为鉴的意义，情况复杂，一句一问或两句一问似难以包容，故以四句一问来表现。这类句子往往采用先叙后问的方式，即两句叙述史实或传说，然后加以提问。有的借发问表示肯定，有的则表示否定批判的意思。大多数句子是按顺序来问的，但有的也采用倒叙、补叙的手法以增加问题的吸引力，如有关殷先世王亥的问题，先说结果，再补原因，情节曲折，富于传奇彩色。

　　诗人提问时所用的疑问词力求多样化，如"谁""孰""安""胡""焉""几""何""何由""何为"等等，根据提问内容的不同、对象的各异而选用相应的疑问词，准确地进行发问，使全诗在板滞的形式中具有一定的变化。当然，《天问》由于理性的怀疑和思考多于具体情景的描写刻画，缺乏完整的形象，其文学成就较之《离骚》《九歌》等篇章略为逊色。但是，毋庸置疑，这种全由问题组成的诗篇，因其难度过高，能够取得如此成功，不仅空前，亦且绝后，诚如郭沫若所说："以那种主于以四言为句，四句为节的板滞的格调，而问得参差历落，奇矫活突，毫无板滞的神气，简直可以惊为神工。"（《屈原研究》）

（朱碧莲）

九 章

（选六）

惜 诵

惜诵以致愍兮，发愤以抒情。

所作忠而言之兮，指苍天以为正。

令五帝以折中兮，戒六神与向服。

俾山川以备御兮，命咎繇使听直。

竭忠诚以事君兮，反离群而赘肬。

忘儇媚以背众兮，待明君其知之。

言与行其可迹兮，情与貌其不变。

故相臣莫若君兮，所以证之不远。

吾谊先君而后身兮，羌众人之所仇。

专惟君而无他兮，又众兆之所仇。

壹心而不豫兮，羌不可保也。

疾亲君而无他兮，有招祸之道也。

思君其莫我忠兮，忽忘身之贱贫。

事君而不贰兮，迷不知宠之门。

忠何罪以遇罚兮，亦非余心之所志。

行不群以巅越兮，又众兆之所咍。

纷逢尤以离谤兮，謇不可释。

情沉抑而不达兮，又蔽而莫之白。

心郁邑余侘傺兮，又莫察余之中情。

固烦言不可结而诒兮，愿陈志而无路。

退静默而莫余知兮，进号呼又莫吾闻。

申侘傺之烦惑兮，中闷瞀之忳忳。

昔余梦登天兮，魂中道而无杭。

吾使厉神占之兮，曰："有志极而无旁。"

"终危独以离异兮？"曰："君可思而不可恃。

故众口其铄金兮，初若是而逢殆。

惩于羹者而吹齑兮，何不变此志也？

欲释阶而登天兮，犹有曩之态也。

众骇遽以离心兮，又何以为此伴也？

同极而异路兮，又何以为此援也？

晋申生之孝子兮，父信谗而不好。

行婞直而不豫兮，鲧功用而不就。"

吾闻作忠以造怨兮，忽谓之过言。

九折臂而成医兮，吾至今而知其信然。

矰弋机而在上兮，罻罗张而在下。

设张辟以娱君兮，愿侧身而无所。

欲儃佪以干傺兮，恐重患而离尤。

欲高飞而远集兮，君罔谓汝何之？

欲横奔而失路兮，坚志而不忍。

背膺牉以交痛兮，心郁结而纡轸。

捣木兰以矫蕙兮，凿申椒以为粮。

播江离与滋菊兮，愿春日以为糗芳。

恐情质之不信兮，故重著以自明。

挢兹媚以私处兮，愿曾思而远身。

    本篇是九章的第一篇，作于诗人受到谗臣诬陷初受怀王疏远之时，故篇内一再反复表明他对楚王的忠诚，因"信而见疑，忠而被谤"而引起的无限忧苦。本篇原无题，取篇首二字为题。"惜诵"二字是什么意思，众说纷纭。近人游国恩说："惜诵，就是好谏的意思。因为他欢喜谏诤，所以遭此忧慼。"（《楚辞概论》）篇内有句曰："所作忠而言之兮，指苍天以为正。""言与行其可迹兮，情与貌其不变。"诗人忠直敢谏，以言获罪，游说是切合题意的。

    自"惜诵以致慜兮"至"有招祸之道也"为本篇第一段，写诗人忠而获祸。诗人表白自己敢言直谏是对楚王的忠贞不二："竭忠诚以事君兮"，"吾谊（义）先君而后身兮"，"专惟君而无他兮"，"壹心而不豫兮"。但由于"众兆之所仇"，触犯了朝中权贵，却成为"招祸之道"，诗人于是借诗篇来抒发内心的愤怨。自"思君其莫我忠兮"至"中闷瞀之忳忳"为第二段,写诗人内心之忧苦。他为自己的无辜遭祸而迷惑不解,为不容于谗人而愤愤不平,心里无比抑郁。"退静默而莫余知兮,进号呼又莫吾闻",感到进退失据,无所适从。自"昔余梦登天兮"至"鯀功用而不就"为第三段。为了释疑解惑,诗人特向占梦者求教处世之道,占梦者以"君可思而不可恃""众口其铄金"为鉴,劝其吸取历史上晋太子申生为骊姬所害、鯀因刚直而亡身的教训,善自处世。最后第四段写诗人激烈的思想矛盾。谗人们千方百计地讨好楚王,自己则"愿侧身而无所"。留在朝中吧,"恐重患而离尤",更要遭遇不幸;远走高飞吧,又难舍楚王;同流合污吧,"坚志而不忍"。诗人委决不下,沉浸在痛苦之中。最后诗人以植兰播菊来修养自己的品德,决心洁身自好,保持自己高洁的本质。

诗人描写自己的忠诚,内心的矛盾,情绪的郁结,采用"一篇之中三致志"的写法,一而再、再而三地反复表白和申说,给人以深刻印象。在语言的运用上亦令人注目,如"众口铄金""惩热羹而吹齑""九折臂而成医"等,这些都是当时人们积累生活经验而成的谚语或成语,诗人用以表现自己所受的挫折,显得异常生动。

特别需要指出的是,诗人从自己的不幸遭遇中概括出"发愤以抒情"的诗句,几乎就是旧时代正直之士从事文学创作的一种普遍现象。汉代司马迁遭受宫刑之后的"发愤以著书",唐代韩愈的"物不平则鸣",以及宋代欧阳修的"诗穷而后工"等名言,无不与"发愤以抒情"一脉相承。

(朱碧莲)

涉 江

余幼好此奇服兮，年既老而不衰。

带长铗之陆离兮，冠切云之崔嵬。

被明月兮珮宝璐。

世溷浊而莫余知兮，吾方高驰而不顾。

驾青虬兮骖白螭，吾与重华游兮瑶之圃。

登昆仑兮食玉英，与天地兮同寿，

与日月兮齐光。

哀南夷之莫吾知兮，旦余济乎江湘。

乘鄂渚而反顾兮，欸秋冬之绪风。

步余马兮山皋，邸余车兮方林。

乘舲船余上沅兮，齐吴榜以击汰。

船容与而不进兮，淹回水而凝滞。

朝发枉陼兮，夕宿辰阳。

苟余心其端直兮，虽僻远之何伤！

入溆浦余儃佪兮，迷不知吾所如。

深林杳以冥冥兮，猨狖之所居。

山峻高以蔽日兮，下幽晦以多雨。

霰雪纷其无垠兮，云霏霏而承宇。

哀吾生之无乐兮，幽独处乎山中。

吾不能变心而从俗兮，固将愁苦而终穷！

接舆髡首兮，桑扈裸行。

忠不必用兮，贤不必以。

伍子逢殃兮，比干菹醢。

与前世而皆然兮，吾又何怨乎今之人！

余将董道而不豫兮，固将重昏而终身！

乱曰：鸾鸟凤皇，日以远兮。

燕雀乌鹊，巢堂坛兮。

露申辛夷，死林薄兮。

腥臊并御，芳不得薄兮。

阴阳易位，时不当兮。

怀信侘傺，忽乎吾将行兮！

本篇写诗人晚年在江南流放地的行踪和内心的愁绪。

第一节自"余幼好此奇服兮"至"且余济乎江湘"，抒写诗人一生的高尚品质及涉江的原因。诗人从年轻到老年，都是身佩长剑，头戴高冠，用珠玉装饰自己，以此表示他具有不同于世俗的志趣。现实世界无人理解他，他便登昆仑，食玉英，与古之圣君重华为伴，在神仙世界遨游，因此他寿与天地并存，德与日月同辉。这是诗人的自我总结，语气颇为自豪。就是因为他有不同凡俗的品德与志趣，所以才受到谗人的排斥，被放逐到了江南荒远之地。第二节自"乘鄂渚而反顾兮"至"虽僻远之何伤"，描写路途的艰苦。

他乘车骑马穿越山林，坐船逆水行舟，越走越偏僻，但他相信自己端直，所以身处僻地而安之泰然。第三节自"入溆浦余儃佪兮"至"固将愁苦而终穷"，写自己独处深山的景象。溆浦一带是此行的终点，这里山高林密，荒无人烟，气候反常，是猿猴出没之所，诗人"幽独处乎山中"，孤独地生活，与猿猴为伍，然而艰苦的环境并不能动摇他的意志，他宁肯穷困终身而决不随波逐流。第四节自"接舆髡首兮"至"固将重昏而终身"，自比古贤。诗人以历史上忠臣遭殃为例，表示效法前贤坚守正道之志。结尾部分揭露现实政治的黑暗，愤而远行，与开头"吾方高驰而不顾"呼应，点明主题，说明诗人不与世俗同流合污的高洁胸怀。全诗六十句，结构紧凑、完整，写出诗人一生的品德志趣及对黑暗现实的愤懑不平之慨，与《离骚》主题接近，所以人们称之为"小离骚"。

在写法上，每一节叙述描写之后都发表了与之相应的感慨，直接表示鲜明的爱憎。如第一节写自己爱好奇异的服饰之后道："世溷浊莫余知兮，吾方高驰而不顾。"写了登昆仑与重华同游瑶圃后道："哀南夷之莫吾知兮，且余济乎江湘。"说明现实世界与诗人的高洁志趣大相径庭，这就是他终于被弃逐、遭迫害的原因。第二节描写了跋山涉水的艰苦行程之后，诗人直接写出自己对艰苦环境的态度，"苟余心其端直兮，虽僻远之何伤"等等。这样写法，把描写、抒情和议论糅合在一起，塑造了诗人孤高的形象，层次井然，极有节奏感。

第三节成功地描写了景物，有情景交融之妙。自"深林杳以冥冥兮"至"云霏霏而承宇"六句把湘西山区特有的幽深荒僻和多变的气候写出来了，用以衬托诗人"哀吾生之无乐兮，幽独处乎山中"的孤寂不平之慨，意境幽远。

本篇的语言富于变化。第一人称有时用"余"，有时用"吾"，仔细吟哦，其中似有区别。用"余"字语调较平，多用于叙述句，交代情况，如"余幼好此奇服""旦余济于江湘"等；用"吾"字语调激昂，多用于抒情、议论句，如"吾方高驰而不顾""吾不能变心以从俗"等，表示诗人傲岸的神态。两个字交替使用，具有不同的感情色彩，可见诗人用词之准确。

此外，本篇所写的济江湘、乘鄂渚、发枉渚、宿辰阳、入溆浦等，清楚地交待了行进的路线，提供了诗人当年放逐江南的行踪，这是值得珍视的。

（朱碧莲）

哀 郢

皇天之不纯命兮，何百姓之震愆？

民离散而相失兮，方仲春而东迁。

去故乡而就远兮，遵江夏以流亡。

出国门而轸怀兮，甲之朝吾以行。

发郢都而去闾兮，怊荒忽其焉极？

楫齐扬以容与兮，哀见君而不再得。

望长楸而太息兮，涕淫淫其若霰。

过夏首而西浮兮，顾龙门而不见。

心婵媛而伤怀兮，眇不知其所蹠。

顺风波以从流兮，焉洋洋而为客。

凌阳侯之泛滥兮，忽翱翔之焉薄？

心絓结而不解兮，思蹇产而不释。

将运舟而下浮兮，上洞庭而下江。

去终古之所居兮，今逍遥而来东。

羌灵魂之欲归兮，何须臾而忘反。

背夏浦而西思兮，哀故都之日远。

登大坟以远望兮，聊以舒吾忧心。

哀州土之平乐兮，悲江介之遗风。

当陵阳之焉至兮，淼南渡之焉如？

曾不知夏之为丘兮，孰两东门之可芜？

心不怡之长久兮，忧与愁其相接。

惟郢路之辽远兮，江与夏之不可涉。

忽若不信兮，至今九年而不复。

惨郁郁而不通兮，蹇侘傺而含慼。

外承欢之汋约兮，谌荏弱而难持。

忠湛湛而愿进兮，妒被离而鄣之。

彼尧舜之抗行兮，瞭杳杳而薄天。

众谗人之嫉妒兮，被以不慈之伪名。

憎愠怆之修美兮，好夫人之忼慨。

众踥蹀而日进兮，美超远而逾迈。

乱曰：曼余目以流观兮，冀壹反之何时？

鸟飞反故乡兮，狐死必首丘。

信非吾罪而弃逐兮，何日夜而忘之？

"哀郢"，顾名思义，是诗人为郢都而悲哀的意思。郢都是当年楚国的首都，在今湖北江陵西北。诗人为何要为郢都而悲哀呢？对此，历来有不同的理解。比较合理的解释是，据《史记·楚世家》记载，顷襄王二十一年时，秦将白起攻拔郢都，焚烧楚先王陵墓，襄王兵败，迁都于陈城。记载虽极简略，但楚国惨败会造成什么混乱，秦军焚烧陵墓是如何残暴，人民是怎样地家破人亡，等等，却是不难想象的。首都的陷落，陵墓的被毁意味着国家的危亡，这对于热爱祖国胜于生命的诗人来说无疑是致命的打击，使他痛彻心扉，因此便作此篇，"哀故都之弃捐，宗社之丘墟，人民之离散"（王夫之《楚辞通释》），并追究造成国家危亡的原因。

开头四句为第一段，写的是郢都陷落时人民离乱的悲惨景象，诗人悲愤难抑，所以便以责问的口气指责老天的不公，为什么如此反复无常，竟让秦军的暴行得逞，而使无辜的百姓遭殃。仅仅四句诗，即表现了诗人对故都沦于敌手的痛心，对人民苦难的无限同情，令人深深体会到诗人感情的炽烈。

自"去故乡而就远兮"至"悲江介之遗风"三十二句为第二段，写诗人放逐出都时的依恋之情。这一段看上去与第一段的联系似不够密切。按照一般写法，在交代郢都陷落后，接着就该具体描写人民离散和国都播迁的情况，但诗人写的却是离都的情景，丝毫不涉及他人。这是因为白起破郢时诗人不在京都，只是在流放地听到郢都陷落的消息，所以在开头大呼"皇天"，仅以四句诗概括地提出质问，而无法详叙首都残破之状。在悲痛之余，诗人回忆起当年被逐出国门的情景。诗人自述出国门的日子是"甲之朝"，沿着"江夏"出发的路线，一路船行，频频回首，内心充满悲哀的思绪。

自"当陵阳之焉至兮"至"美超远而逾迈"二十四句为第三段，诗人从回忆中回到现实，想到当年出都时，何曾料到首都会沦入敌手，那象征故都的宫殿和"两东门"全被秦军践踏而成为废墟呢？自己被逐至今已有九年（虚指时间之长）之久，原来尚冀有朝一日能回到故都，如今这个希望已彻底破灭了。那么楚国何以衰败至此？诗人推究原因，就在于楚王的昏庸，亲近那些百般讨好的奸人，而憎恶忠贞之士，使他们蒙受诽谤和耻辱。对于谗人的乱国，君王的不明，诗人表示了极大的愤慨。最后六句尾声，以鸟飞返故乡、狐死必首丘为喻，决心为祖国而死，表达诗人对故都对祖国的深情热爱。

全诗各段写法有所变化，各有侧重。开头提问，表示对天命的怀疑和抗议；第二段以抒情为主而兼有叙事的成分；第三段则是抒情与议论结合，深刻地指出朝政混乱的根源。结尾则以鸟兽尚且有情说明自己不能忘怀故都，点明为郢都而悲哀的题意。

本篇紧紧围绕一个"哀"字，写尽了一个"爱"字。（朱碧莲）

怀　沙

滔滔孟夏兮，草木莽莽。

伤怀永哀兮，汨徂南土。

眴兮杳杳，孔静幽默。

郁结纡轸兮，离愍而长鞠。

抚情效志兮，冤屈而自抑。

刓方以为圜兮，常度未替。

易初本迪兮，君子所鄙。

章画志墨兮，前图未改。

内厚质正兮，大人所盛。

巧倕不斵兮，孰察其拨正。

玄文处幽兮，矇瞍谓之不章；

离娄微睇兮，瞽以为无明。

变白以为黑兮，倒上以为下。

凤皇在笯兮，鸡鹜翔舞。

同糅玉石兮，一概而相量。

夫惟党人之鄙固兮，羌不知余之所臧。

任重载盛兮，陷滞而不济；

怀瑾握瑜兮，穷不知所示。

邑犬之群吠兮，吠所怪也；

非俊疑杰兮，固庸态也。

文质疏内兮，众不知余之异采。

材朴委积兮，莫知余之所有。

重仁袭义兮，谨厚以为丰。

重华不可遻兮，孰知余之从容？

古固有不并兮，岂知其故也？

汤禹久远兮，邈不可慕也。

惩违改忿兮，抑心而自强。

离慜而不迁兮，愿志之有象。

进路北次兮，日昧昧其将暮。

舒忧娱哀兮，限之以大故。

乱曰：浩浩沅湘，分流汩兮。

修路幽蔽，道远忽兮。

怀质抱情，独无匹兮。

伯乐既没，骥焉程兮。

万民之生，各有所错兮。

定心广志，余何畏惧兮。

曾伤爰哀，永叹喟兮。

世溷浊莫吾知，人心不可谓兮。

知死不可让，愿勿爱兮。

明告君子，吾将以为类兮。

　　司马迁在《史记·屈原列传》中认为诗人作了《怀沙》篇后，"于是怀石，遂自投汨罗以死"，说诗人怀抱沙石，投水自沉，本篇即为绝命辞。但是后人多有不同意其说者。清人蒋骥在《山带阁注楚辞》中，以为"怀沙"并不是怀抱沙石，而是怀念长沙之意，简称长沙为"沙"，犹如"哀郢""涉江"将郢都和长江简称为"郢""江"一样。那么，诗人为什么怀念长沙呢？蒋骥认为长沙是楚王祖先的始封地，诗人下了自沉的决心，便"归死先王故居，则亦首丘之意，所以惓惓有怀也"（《山带阁注楚辞》卷四）。所说不无道理。当襄王二十一年（前278）秦将白起攻拔郢都之后，长期流放在沅湘一带的诗人感到痛心绝望，便选择长沙作为"鸟飞返故乡，狐死必首丘"（《哀郢》句）之地，决心以死殉国。

　　至于本篇是否绝命辞的问题，恐怕也值得商量。篇内有"限之以大故""知死不可让，愿勿爱兮"等句，写到了死的决心，"虽为近死之音，然纡而未郁，直而未激"（蒋骥语）；且写作时间在"孟夏"四月，距离五月初五投江之日尚有月余，故本篇还不能说是绝笔。

　　本篇自"滔滔孟夏兮"至"冤屈而自抑"为第一段，交代去长沙途中的时间、气候和内心的郁闷。自"刓方以为圜兮"至"羌不知余之所臧"为第二段，写自己坚定不移的高尚节操及现实世界的是非颠倒、黑白不分的种种现象。自"任重载盛兮"至"限之以大故"为第三段，慨叹自己生不逢辰，尽管自己有栋梁之才，如美玉般高洁，但当世并无识玉用才者。那令人仰慕的尧、舜、禹、汤是无缘遇到了，看来唯有一死才能结束这无限的哀愁。最后一段尾

195

声，归结全文，进一步表示死的决心。

　　第二、第三两段用对比和比喻的手法来表现诗人与谗臣的势不两立，充分地揭示了现实的黑暗。谗臣们如"矇瞍""鸡鹜""邑犬"，把持朝政，"变白以为黑兮，倒上以为下"。如"离娄"、"凤凰"、美玉一般的诗人横遭迫害，以致"凤凰在笯兮，鸡鹜翔舞；同糅玉石兮，一概而相量"，对此，诗人怎能容忍，而不愤世嫉俗，以死来抗议呢！

（朱碧莲）

惜　往　日

惜往日之曾信兮，受命诏以昭时。

奉先功以照下兮，明法度之嫌疑。

国富强而法立兮，属贞臣而日娭。

秘密事之载心兮，虽过失犹弗治。

心纯厖而不泄兮，遭谗人而嫉之。

君含怒而待臣兮，不清澂其然否。

蔽晦君之聪明兮，虚惑误又以欺。

弗参验以考实兮，远迁臣而弗思。

信谗谀之溷浊兮，盛气志而过之。

何贞臣之无罪兮，被离谤而见尤？

惭光景之诚信兮，身幽隐而备之。

临沅湘之玄渊兮，遂自忍而沉流。

卒没身而绝名兮，惜壅君之不昭。

君无度而弗察兮，使芳草为薮幽。
焉舒情而抽信兮，恬死亡而不聊。
独鄣壅而蔽隐兮，使贞臣为无由。
闻百里之为虏兮，伊尹烹于庖厨。
吕望屠于朝歌兮，宁戚歌而饭牛。
不逢汤武与桓缪兮，世孰云而知之。
吴信谗而弗味兮，子胥死而后忧。
介子忠而立枯兮，文君寤而追求。
封介山而为之禁兮，报大德之优游。
思久故之亲身兮，因缟素而哭之。
或忠信而死节兮，或訑谩而不疑。
弗省察而按实兮，听谗人之虚辞。
芳与泽其杂糅兮，孰申旦而别之。
何芳草之早夭兮，微霜降而下戒。
谅聪不明而蔽壅兮，使谗谀而日得。
自前世之嫉贤兮，谓蕙若其不可佩。
妒佳冶之芬芳兮，嫫母姣而自好。
虽有西施之美容兮，谗妒入以自代。
愿陈情以白行兮，得罪过之不意。
情冤见之日明兮，如列宿之错置。
乘骐骥而驰骋兮，无辔衔而自载，

　　乘氾洞以下流兮，无舟楫而自备；
　　背法度而心治兮，辟与此其无异。
　　宁溘死而流亡兮，恐祸殃之有再。
　　不毕辞而赴渊兮，惜壅君之不识。

　　本篇是诗人一生的总结，历叙从政以来从受信任到被谗放逐的经过，最后表示效法前贤以自沉沅湘，语气激切，感情难抑。"临死而抚今追昔，不禁号呼也。"（蒋骥《山带阁注楚辞》）诵读"临沅湘之玄渊兮，遂自忍而沉流。卒没身而绝名兮，惜壅君之不昭"以及"宁溘死而流亡兮，恐祸殃之有再。不毕辞以赴渊兮，惜壅君之不识"等诗句，我们似乎看到了诗人站在汨罗江边悲愤欲绝即将赴身长流的形象。诗中一再痛惜于国君之昏庸腐朽的口气也是其他篇章中所没有的。本篇语言比之其他各篇明白浅显，亦正如蒋骥指出的："九章惟此篇最浅易。非徒垂死之言不加雕饰，亦欲庸君入目而易晓也。"（同上）于此可见，本篇为诗人最后悲愤号呼的绝命词。

　　本篇有三层意思。第一段自"惜往日之曾信兮"至"盛气志而过之"，写自己当初得到怀王信任和后来受到谗人诬陷、为君王疏远谪迁的经过。受到信用时，自己的政治才能得到充分发挥，法度确立，国家富强，一片升平景象。可是不久，谗人蒙蔽了君王的耳目，自己竟然遭到远迁的命运。第二段自"何贞臣之无罪兮"至

"使谗谀而日得"，写诗人无端受诬而君王不察的愤慨。他列举前世贤君举贤授能兴国、昏君信谗身死国灭的史实，谴责了谗人误国误君的危害性。在说到介之推和晋文公的故事时，则着重于文公的悔悟。"吴信谗而弗味兮，子胥死而后忧。介子忠而立枯兮，文君寤而追求"，说吴王夫差相信谗臣不知悔悟，因此伍子胥死后国家即遭覆灭之祸；而晋文公尚懂悔改，知道介之推忠贞，故在他死后，封介山，报大德，思故旧，还算得上是一位贤君。其中所含的意义十分清楚，就是"欲生悟其君不得，卒以死悟之"，"略之推之死，而详文君之悟，不胜死后余望焉"（蒋骥语）。诗中详写晋文公的觉悟确是有深意的。第三段自"自前世之嫉贤兮"至"惜壅君之不识"，进一步写谗人乱国误君的黑暗现实，决心赴渊自沉。

三段均以法度为贯串线索。贤臣用则法度立，谗人进则法度废，背法度则国危君昏。国君远贤信谗是导致楚国法度混乱、政治黑暗的症结所在，诗人对此以鲜明的爱憎作了揭露。他不忍看到祖国的破灭，憎恶谗人的猖獗，而又无力促使"壅君"醒悟，于是便"宁溘死而流亡"，"不毕辞以赴渊"，葬身清流，与世俗决裂。梁启超赞美屈原的投江自沉，说："彼之自杀实其个性最强烈最纯洁之全部表现，非有此奇特之个性不能产此文学，亦唯以最后一死能使其人格与文学永不死也。"（《要籍解题及其读法》）　　　　（朱碧莲）

橘　颂

后皇嘉树，橘徕服兮。

受命不迁，生南国兮。

深固难徙，更壹志兮。

绿叶素荣，纷其可喜兮。

曾枝剡棘，圆果抟兮。

青黄杂糅，文章烂兮。

精色内白，类可任兮。

纷缊宜修，姱而不丑兮。

嗟尔幼志，有以异兮。

独立不迁，岂不可喜兮。

深固难徙，廓其无求兮。

苏世独立，横而不流兮。

闭心自慎，终不失过兮。

秉德无私，参天地兮。

愿岁并谢，与长友兮。

淑离不淫，梗其有理兮。

年岁虽少，可师长兮。

行比伯夷，置以为象兮。

　　本篇与九章其他八篇比较，有很大的差别：篇幅短小，语言以四句为主，不写个人的生活遭遇，而是歌颂橘树的品格。从作品内容比较单一，格调比较明快来看，似是诗人早年的作品。

全篇自"后皇嘉树"至"姱而不丑"为前面部分，描写橘树的形状和特点；自"嗟尔幼志"至"置以为象兮"为后面部分，进一步赞美橘树的高尚品格。

诗人以比兴手法赋橘，既描写了橘树，又用以象征自己人格的高尚和意志的坚强。在描写橘树的时候，诗人非常细致地从它的外形一直写到它的内质，生动地展现了橘树美丽的姿态和坚强的质地。绿叶、白花、圆果，及枝条层层、文章斑斓、香气馥郁等等，观察细致，写得十分动人。尤为突出的是，诗人写了橘树多方面的品格：深深地扎根在南国的土地上，卓尔不群，没有任何欲求，更不随波逐流，且能不断地修养自己，故能毫无过失，它的德行，足与天地比配。这是以拟人的手法赋予橘树以人的生命与性格，既是诗人对橘树的热烈赞颂，也是诗人自己意志和品格的写照。

"句句是橘颂，句句不是橘颂。""原与橘分不得是一是二，彼此互映。"（林云铭《楚辞灯》）林云铭非常确切地概括了本篇咏物述志的特点。从"受命不迁""深固难徙""廓其无求""苏世独立""闭心自慎""秉德无私"等诗句，可知诗人年轻时，就注重于自我修养，始终保持"内美"，做到表里如一，因此后来能够经受挫折，坚贞不屈，爱国忧民，真正地达到了"秉德无私、参天地兮"的境界。

"《橘颂》品藻精至"（刘熙载《艺概·赋概》），是我国文学史上第一首玲珑剔透的咏物赋，后代诗词曲赋等各体的咏物篇章无不或多或少地受其影响。

（朱碧莲）

招　魂

朕幼清以廉洁兮，身服义而未沫。

主此盛德兮，牵于俗而芜秽。

上无所考此盛德兮，长离殃而愁苦。

帝告巫阳曰：

"有人在下，我欲辅之。

魂魄离散，汝筮予之！"

巫阳对曰："掌梦。上帝，其命难从。

若必筮予之，恐后之谢，不能复用。"

巫阳焉乃下招曰：魂兮归来！

去君之恒干，何为四方些？

舍君之乐处，而离彼不祥些。

魂兮归来！东方不可以托些。

长人千仞，惟魂是索些。

十日代出，流金铄石些。

彼皆习之，魂往必释些。

归来归来，不可以托些。

魂兮归来！南方不可以止些。

雕题黑齿，得人肉以祀，以其骨为醢些。

蝮蛇蓁蓁，封狐千里些。

雄虺九首，往来儵忽，吞人以益其心些。

归来归来，不可以久淫些。

魂兮归来！

西方之害，流沙千里些。

旋入雷渊，靡散而不可止些。

幸而得脱，其外旷宇些。

赤蚁若象，玄蜂若壶些。

五谷不生，丛菅是食些。

其土烂人，求水无所得些。

彷徉无所倚，广大无所极些。

归来归来，恐自遗贼些。

魂兮归来！北方不可以止今。

增冰峨峨，飞雪千里些。

归来归来，不可以久些。

魂兮归来！君无上天些。

虎豹九关，啄害下人些。

一夫九首，拔木九千些。

豺狼从目，往来侁侁些。

悬人以娭，投之深渊些。

致命于帝，然后得暝些。

归来归来，往恐危身些。

魂兮归来！君无下此幽都些。

土伯九约，其角觺觺些。

敦脄血拇，逐人駓駓些。

参目虎首，其身若牛些。

此皆甘人。

归来归来，恐自遗灾些。

魂兮归来！入修门些。

工祝招君，背行先些。

秦篝齐缕，郑绵络些。

招具该备，永啸呼些。

魂兮归来，反故居些。

天地四方，多贼奸些。

像设君室，静闲安些。

高堂邃宇，槛层轩些。

层台累榭，临高山些。

网户朱缀，刻方连些。

冬有突厦，夏室寒些。

川谷径复，流潺湲些。

光风转蕙，泛崇兰些。

经堂入奥，朱尘筵些。

砥室翠翘，挂曲琼些。

翡翠珠被，烂齐光些。

蒻阿拂壁，罗帱张些。

纂组绮缟，结琦璜些。

室中之观，多珍怪些。

兰膏明烛，华容备些。

二八侍宿，射递代些。

九侯淑女，多迅众些。

盛鬋不同制，实满宫些。

容态好比，顺弥代些。

弱颜固植，謇其有意些。

姱容修态，絙洞房些。

蛾眉曼睩，目腾光些。

靡颜腻理，遗视矊些。

离榭修幕，侍君之闲些。

翡帷翠帐，饰高堂些。

红壁沙版，玄玉梁些。

仰观刻桷，画龙蛇些。

坐堂伏槛，临曲池些。

芙蓉始发，杂芰荷些。

紫茎屏风，文缘波些。

文异豹饰，侍陂陁些。

轩辌既低，步骑罗些。

兰薄户树，琼木篱些。

魂兮归来，何远为些？

室家遂宗，食多方些。

稻粢穱麦，挐黄粱些。

大苦咸酸，辛甘行些。

肥牛之腱，臑若芳些。

和酸若苦，陈吴羹些。

胹鳖炮羔，有柘浆些。

鹄酸臇凫，煎鸿鸧些。

露鸡臛蠵，厉而不爽些。

粔籹蜜饵，有餦餭些。

瑶浆蜜勺，实羽觞些。

挫糟冻饮，酎清凉些。

华酌既陈，有琼浆些。

归反故室，敬而无妨些。

肴羞未通，女乐罗些。

陈钟按鼓，造新歌些。

涉江采菱，发扬荷些。

美人既醉，朱颜酡些。

娭光眇视，目曾波些。

被文服纤，丽而不奇些。

长发曼鬋，艳陆离些。

二八齐容，起郑舞些。

衽若交竿，抚案下些。

竽瑟狂会，搷鸣鼓些。

宫庭震惊，发激楚些。

吴歈蔡讴，奏大吕些。

士女杂坐，乱而不分些。

放陈组缨，班其相纷些。

郑卫妖玩，来杂陈些。

激楚之结，独秀先些。

菎蔽象棋，有六簿些。

分曹并进，遒相迫些。

成枭而牟，呼五白些。

晋制犀比，费白日些。

铿钟摇簴，揳梓瑟些。

娱酒不废，沉日夜些。

兰膏明烛，华灯错兮。

结撰至思，兰芳假些。

人有所极，同心赋些。

酌饮尽欢，乐先故些。

魂兮归来，反故居些。

乱曰：献岁发春兮，汩吾南征。

菉蘋齐叶兮，白芷生。

路贯庐江兮，左长薄。

倚沼畦瀛兮，遥望博。

青骊结驷兮，齐千乘。

悬火延起兮，玄颜烝。

步及骤处兮，诱骋先。

抑骛若通兮，引车右还。

与王趋梦兮，课后先。

君王亲发兮，惮青兕。

朱明承夜兮，时不可以淹。

皋兰被径兮，斯路渐。

湛湛江水兮，上有枫。

目极千里兮，伤春心，

魂兮归来，哀江南！

在王逸的《楚辞章句》中，本篇归于宋玉的名下，这是没有根据的误植，应从司马迁《史记·屈原列传》所载，将本篇著作权归还屈原。

据《史记》记载，当楚怀王三十年时，秦昭王假装与楚国通婚姻之好，召怀王前往秦国会面，屈原力谏，认为秦为虎狼之国，不可相信。而怀王最小的儿子子兰则怂恿怀王赴会，认为不能失去这次与秦国交好的机会。结果不出屈原所料，怀王一进入秦地武关，即为秦兵切断归路而被扣留。怀王在秦国三年不得脱身，最后客死于秦。屈原的悲痛自不待言，他便以流行于楚地的民间习俗招魂的形式写作此篇，招引怀王客死之魂，以寄托他深沉的哀思。

本传中说怀王死后，"楚人既咎子兰以劝怀王入秦而不返也"，"令尹子兰闻之，大怒，卒使上官大夫短屈原于顷襄王，顷襄王怒而迁之"。可见顷襄王和子兰等朝廷大臣，对怀王之死非但不感到痛心，反躬自责，反而把坚持正确意见的屈原加以贬斥，这是怎样地颠倒黑白！屈原的招怀王之魂，实际上就包含了对子兰等的谴责，表现了对敌人的痛恨，对楚国的热爱，洋溢着爱国的精神。

本篇第一段自"朕幼清以廉洁兮"至"不能复用"，叙述招魂之缘起，简略交代诗人自己的志趣怀抱，以及借助于神巫招回怀王客死于秦的魂魄的情况。第二段自"巫阳焉乃下招曰"至"魂兮归来，反故居些"为招魂的正文，是本篇的主要部分，先写上下四方之险恶，后写宫殿故居的富丽华贵，卧室庭院的幽雅舒适，饮食肴馔的丰盛，歌舞音乐的美好，声色博戏的快乐等，以招引魂魄的归来。第三段结尾自"乱曰"至"魂兮归来，哀江南"，补叙游猎之盛和春日之景，点明招魂的主题。描写昔日盛况，适足以引起魂魄对故国的怀恋，因而欣然回归。

这一篇在屈原的作品中别具一格，梁启超认为“实全部楚辞中最酣肆最深刻之作”（《要籍解题及其读法》）。它在表现方法上确实引人注目。其一，诗人采用正反对比的方法，极力形容上下四方之恶，同时尽情描写楚国之美，可憎与可爱形成了强烈的对照，使怀王之魂有所取舍，知所警惕，欣然回归。篇内所写的天上有虎豹豺狼、九首之夫把守关门，专门以吃人、害人为乐，简直与幽都地府之可怕阴森别无二致，用此来突出楚国之外任何处所无非可憎可恶，说明唯有楚国方是魂魄的归宿。其二，诗人以铺叙的手法、夸张的语言、排比的句式极尽描写形容之能事，细致入微，层次井然。如写楚宫饮食一段，各种主食菜肴，酒类点心，名目繁多，花样迭出，应有尽有，就连甜酸苦辣等五味调料，也一一叙来。写舞女乐队一段，既形容其服饰容貌，亦刻画其舞姿乐调及狂欢场面，展现了一幅楚宫行乐图像。这种排比铺陈的写法，《离骚》已开其先河，本篇则更为发展，给予后来汉赋的体式以直接的影响。

在详略的安排上，写上下四方之恶时，对于西方一段写得较详细。那里有流沙雷渊、赤蚁玄蜂，没有粮食，也没有水源，甚至连土地都会使人腐烂，真是可怕之极！西方是秦国所在，那是仇敌之国，是妄图脔割楚国，害死怀王的地方，诗人理所当然地表现了强烈的憎恨。后半部分则特别详写饮食之丰和女乐之盛，这无非是强调享受，以招怀王之魂。而在客观上却具有揭露意义，可以看到当年楚王奢侈荒淫的生活场景，同时也反映了楚国物质生产的富庶及建筑工艺的精美。

语言上词藻之繁富，堪称屈赋之冠。句式上，第一段多用长句，第二段以四字为主，比较整齐，个别地方以三字、五字、六字、七字穿插其间。末段如果不算"兮"字而连读，则几可视作七言诗。本篇语言于整齐中注意变化，颇见匠心。中间招魂的正文部分，偶句用"些"字，这是楚地民间招魂词中惯用的语气词，诗人予以吸取，足见其受楚国民歌影响之深。

　　诗人在描写各方之恶时，根据方位的不同，选用了不同的神话和传说，保留了丰富的原始神话与传说，在这方面可与《天问》篇媲美。

（朱碧莲）

卜　居

屈原既放，三年不得复见。

竭知尽忠，而蔽障于谗，

心烦虑乱，不知所从。

乃往见太卜郑詹尹曰：

"余有所疑，愿因先生决之。"

詹尹乃端策拂龟，曰："君将何以教之？"

屈原曰："吾宁悃悃款款朴以忠乎？

将送往劳来斯无穷乎？宁诛锄草茅以力耕乎？

将游大人以成名乎？宁正言不讳以危身乎？

将从俗富贵以婾生乎？宁超然高举以保真乎？

将哫訾栗斯，喔咿儒儿，以事妇人乎？

宁廉洁正直以自清乎？

将突梯滑稽，如脂如韦，以洁楹乎？

宁昂昂若千里之驹乎？将泛泛若水中之凫，

与波上下，偷以全吾躯乎？

宁与骐骥亢轭乎？将随驽马之迹乎？

宁与黄鹄比翼乎？将与鸡鹜争食乎？

此孰吉孰凶，何去何从？

世溷浊而不清：

蝉翼为重，千钧为轻；

黄钟毁弃，瓦釜雷鸣；

谗人高张，贤士无名。

吁嗟默默兮，谁知吾之廉贞？"

詹尹乃释策而谢，曰：

"夫尺有所短，寸有所长；

物有所不足，智有所不明；

数有所不逮，神有所不通。

用君之心，行君之意，

龟策诚不能知此事。"

　　本篇和《渔父》，无论从语言表达还是写作方法来看，与屈原其他的诗篇都有所不同。有规律可循的"兮"字不见了，也没有以五言、六言为主，间用长短句式的诗句，总之是诗的成分减少，而散文的成分加多了。其叙述的方式不用第一人称，而以第三人称的口气来写。这是屈原创作的具有楚辞风味的散文体裁。

　　寓言问答的写法在早于屈原的孟子、庄子的散文中就已用得很多，特别是庄子的文章中寓言体更多，寓哲理于假设的人物对话之中，显得更为生动形象。屈原在《离骚》中吸取了这种写法，在后半部分借女嬃、灵氛和巫咸三个寓言人物，通过与他们的对话，把内心的苦闷矛盾剖露出来，就去与留的问题从各个角度进行衡量，既深化了主题，又进而写出了诗人热爱祖国的精神面貌。本篇在此基础上，写了问卜詹尹的过程，就何去何从，即是坚持高洁呢还是随波逐流的问题进行问答。这一点《离骚》中虽有所涉及，但本篇作了更具体的描写，更突出了诗人独立不群、格高志芳的高尚品质。

屈原对詹尹一连提了八个问题，实际上就是自己与朝中群小斗争的写照，一正一反。势不两立。这些问题本来是不用回答的，也不是诗人真的要决什么疑，只不过是借此一问以表明他的心迹，对朝中的谗臣进行揭露和抨击而已。王夫之说："卜居者，屈原设为之辞，以章己之独志也。"（《楚辞通释》卷六）概括地指出了本篇的寓意。

本篇开头部分为散文句式，后面部分为韵文，全章韵散结合，已初具赋体规模。诗人在提问时连用"宁……将"等八句选择问句，不仅有强烈的正反对比的作用，且饱含愤激之情，无须回答，即已令人深深体会到诗人的爱憎和好恶。其中"蝉翼为重，千钧为轻；黄钟毁弃，瓦釜雷鸣"几句，已成为抨击黑暗政治的传世名句。

（朱碧莲）

渔 父

屈原既放，游于江潭，

行吟泽畔，颜色憔悴，形容枯槁。

渔父见而问之曰："子非三闾大夫欤？

何故至于斯？"

屈原曰："举世皆浊我独清，

众人皆醉我独醒，是以见放。"

渔父曰："圣人不凝滞于物，

而能与世推移。世人皆浊，

何不淈其泥而扬其波？

众人皆醉，何不餔其糟而歠其醨？

何故深思高举，自令放为？"

屈原曰："吾闻之：新沐者必弹冠，

新浴者必振衣。安能以身之察察，

受物之汶汶者乎？宁赴湘流，

葬于江鱼之腹中，安能以皓皓之白，

而蒙世俗之尘埃乎？"

渔父莞尔而笑，鼓枻而去。

乃歌曰："沧浪之水清兮，可以濯吾缨；

沧浪之水浊兮，可以濯吾足！"

遂去，不复与言。

　　本篇也是问答式寓言体。渔父劝说诗人与世俗合流，而不必独醒高举。诗人则表明自己宁愿投水自沉、葬身鱼腹，也不能玷污清白的意志。《卜居》篇中的太卜对于诗人的高洁行为采取赞扬、鼓励的态度，而本篇的渔父则对诗人并不赞成，最后不顾而去。两篇虽为姐妹篇，而侧重点有所不同。前一篇着重在对黑暗政治的谴责，本篇则主要写诗人宁为玉碎、毋为瓦全的高远志趣。

　　值得注意的是本篇对于诗人和渔父都作了外貌和行动的描写，这是其他各篇所没有的。"颜色憔悴，形容枯槁"，写出了诗人遭谗受屈，愁思抑郁，行吟泽畔以抒满腔积愤的形象。后代许多画家所画的屈原多为泽畔行吟貌，即以此为据。渔父其人虽然也是不满现实的，但他的处世态度是消极逃避的，故为屈原所不取。"莞尔而笑，鼓枻而去"，从这简略然而颇为生动的描写中，人们仿佛看到了渔父游戏人间的神态。

　　在问答方式上本篇与《卜居》略显不同，不是诗人发问，太卜作答，而是渔父问诗人答，说明渔父对于诗人的特立独行不能理解，故此发生疑问。诗人便针对渔父的疑问明确表示保持清白、决不随波逐流的态度。两人处世态度有积极和消极之别，所以终于分道扬镳，不相为谋。

　　在语言形式的运用上，本篇更为洒脱自如，更趋向散文化，因此，全篇简直就是一首优美的散文。

（朱碧莲）

宋 玉

宋玉，生卒年无考，大约生活于公元前3世纪，楚国著名的辞赋家。出身低微，曾事楚襄王，后因事失职，贫困潦倒。所作以赋为主，诗传《九辩》一篇，思想艺术均深受屈原沾溉，但其抒写"悲秋"的凄怨之情，堪称独绝，对后代诗人产生了十分深远的影响。原有集，今佚。现《文选》所收六篇作品较可信。

（曹明纲）

九　辩

悲哉秋之为气也！萧瑟兮草木摇落而变衰。

憭慄兮若在远行；登山临水兮送将归。

泬寥兮天高而气清。寂寥兮收潦而水清。

憯凄增欷兮薄寒之中人。

怆恍忷恨兮去故而就新。

坎廪兮贫士失职而志不平。

廓落兮羁旅而无友生。

惆怅兮而私自怜。

燕翩翩其辞归兮，蝉寂漠而无声。

雁廱廱而南游兮，鹍鸡啁哳而悲鸣。

独申旦而不寐兮，哀蟋蟀之宵征。

时亹亹而过中兮，蹇淹留而无成。

悲忧穷戚兮独处廓，有美一人兮心不绎。

去乡离家兮徕远客，超逍遥兮今焉薄？

专思君兮不可化，君不知兮可奈何！

蓄怨兮积思，心烦憺兮忘食事。

愿一见兮道余意，君之心兮与余异。

车既驾兮朅而归，不得见兮心伤悲。

倚结轸兮长太息，涕潺湲兮下沾轼。

忼慨绝兮不得，中瞀乱兮迷惑。

私自怜兮何极？心怦怦兮谅直。

皇天平分四时兮，窃独悲此廪秋。

白露既下百草兮，奄离披此梧楸。

去白日之昭昭兮，袭长夜之悠悠。

离芳蔼之方壮兮，余萎约而悲愁。

秋既先戒以白露兮，冬又申之以严霜。

收恢台之孟夏兮，然欿傺而沉藏。

叶菸邑而无色兮，枝烦挐而交横。

颜淫溢而将罢兮，柯仿佛而萎黄。

萷櫹椮之可哀兮，形销铄而瘀伤。

惟其纷糅而将落兮，恨其失时而无当。

揽骓辔而下节兮，聊逍遥以相佯。

岁忽忽而遒尽兮，恐余寿之弗将。

悼余生之不时兮，逢此世之俇攘。
澹容与而独倚兮，蟋蟀鸣此西堂。
心怵惕而震荡兮，何所忧之多方？
仰明月而太息兮，步列星而极明。
窃悲夫蕙华之曾敷兮，纷旖旎乎都房。
何曾华之无实兮，从风雨而飞飏？
以为君独服此蕙兮，羌无以异于众芳。
闵奇思之不通兮，将去君而高翔。
心闵怜之惨凄兮，愿一见而有明。
重无怨而生离兮，中结轸而增伤。
岂不郁陶而思君兮，君之门以九重。
猛犬狺狺而迎吠兮，关梁闭而不通。
皇天淫溢而秋霖兮，后土何时得漧？
块独守此无泽兮，仰浮云而永叹。
何时俗之工巧兮，背绳墨而改错？
却骐骥而不乘兮，策驽骀而取路。
当世岂无骐骥兮，诚莫之能善御。
见执辔者非其人兮，故駶跳而远去。
凫雁皆唼夫粱藻兮，凤愈飘翔而高举。
圆凿而方枘兮，吾固知其鉏铻而难入。
众鸟皆有所登栖兮，凤独遑遑而无所集。

愿衔枚而无言兮，尝被君之渥洽。
太公九十乃显荣兮，诚未遇其匹合。
谓骐骥兮安归？谓凤皇兮安栖？
变古易俗兮世衰，今之相者兮举肥。
骐骥伏匿而不见兮，凤皇高飞而不下；
鸟兽犹知怀德兮，何云贤士之不处？
骥不骤进而求服兮，凤亦不贪馁而妄食。
君弃远而不察兮，虽愿忠其焉得？
欲寂漠而绝端兮，窃不敢忘初之厚德。
独悲愁其伤人兮，冯郁郁其何极！
霜露惨凄而交下兮，心尚幸其弗济。
霰雪雰糅其增加兮，乃知遭命之将至。
愿徼幸而有待兮，泊莽莽与野草同死。
愿自往而径游兮，路壅绝而不通。
欲循道而平驱兮，又未知其所从。
然中路而迷惑兮，自压桉而学诵。
性愚陋以褊浅兮，信未达乎从容。
窃美申包胥之气盛兮，恐时世之不固。
何时俗之工巧兮，灭规榘而改凿。
独耿介而不随兮，愿慕先圣之遗教。
处浊世而显荣兮，非余心之所乐。

与其无义而有名兮，宁穷处而守高。
食不媮而为饱兮，衣不苟而为温。
窃慕诗人之遗风兮，愿托志乎素餐。
蹇充倔而无端兮，泊莽莽而无垠。
无衣裘以御冬兮，恐溘死不得见乎阳春。
靓杪秋之遥夜兮，心缭悷而有哀。
春秋逴逴而日高兮，然惆怅而自悲。
四时递来而卒岁兮，阴阳不可与俪偕。
白日晼晚其将入兮，明月销铄而减毁。
岁忽忽而遒尽兮，老冉冉而愈弛。
心摇悦而日幸兮，然怊怅而无冀。
中惨恻之凄怆兮，长太息而增欷。
年洋洋以日往兮，老嵺廓而无处。
事亹亹而觊进兮，蹇淹留而踌躇。
何泛滥之浮云兮，猋壅蔽此明月。
忠昭昭而愿见兮，然霠曀而莫达。
愿皓日之显行兮，云濛濛而蔽之。
窃不自料而愿忠兮，或黣点而污之。
尧舜之抗行兮，瞭冥冥而薄天。
何险巇之嫉妒兮，被以不慈之伪名？
彼日月之照明兮，尚黯黮而有瑕。

何况一国之事兮，亦多端而胶加。

被荷裯之晏晏兮，然潢洋而不可带。

既骄美而伐武兮，负左右之耿介。

憎愠怆之修美兮，好夫人之慷慨。

众踥蹀而日进兮，美超远而逾迈。

农夫辍耕而容与兮，恐田野之芜秽。

事绵绵而多私兮，窃悼后之危败。

世雷同而炫曜兮，何毁誉之昧昧？

今修饰而窥镜兮，后尚可以窜藏。

愿寄言夫流星兮，羌儵忽而难当。

卒壅蔽此浮云兮，下暗漠而无光。

尧舜皆有所举任兮，故高枕而自适。

谅无怨于天下兮，心焉取此怵惕？

乘骐骥之浏浏兮，驭安用夫强策？

谅城郭之不足恃兮，虽重介之何益？

遭翼翼而无终兮，忳惛惛而愁约。

生天地之若过兮，功不成而无效。

愿沉滞而不见兮，尚欲布名乎天下。

然潢洋而不遇兮，直怐愗而自苦。

莽洋洋而无极兮，忽翱翔之焉薄？

国有骥而不知乘兮，焉皇皇而更索？

宁戚讴于车下兮，桓公闻而知之。

无伯乐之善相兮，今谁使乎誉之。

罔流涕以聊虑兮，惟著意而得之。

纷纯纯之愿忠兮，妒被离而鄣之。

愿赐不肖之躯而别离兮，放游志乎云中。

乘精气之抟抟兮，骛诸神之湛湛。

骖白霓之习习兮，历群灵之丰丰。

左朱雀之茇茇兮，右苍龙之躣躣。

属雷师之阗阗兮，通飞廉之衙衙。

前轻辌之锵锵兮，后辎乘之从从。

载云旗之委蛇兮，扈屯骑之容容。

计专专之不可化兮，愿遂推而为臧。

赖皇天之厚德兮，还及君之无恙。

宋玉是继屈原之后出现的楚国大诗人，他的长篇抒情诗《九辩》以其特有的艺术魅力为后人所传诵，为他赢得了"屈宋"并称的殊荣。

"九辩"传说为夏启从天上取回的乐章，大约是楚国古代民歌，由于乐声美妙动听，于是便被当作天上之乐了。宋玉的政治遭遇与屈原类似，在朝为官时也受到了权贵的排挤打击，他便愤而去职，流落山野，晚年借古乐为题，以述志抒情。

全诗二百五十五句，一千六百余字。原不分段，后人有将其分为九节、十节或十一节的，朱熹在《楚辞集注》中分为九节，便于掌握，比较可取。九节的大意是：第一节以秋景起兴，抒发诗人孤寂不平之慨；第二节写独处旷野不得见君的苦闷；第三节以万物凋丧之景表达生不逢时之恨；第四节写小人挡道，君门九重；第五节揭露时俗工巧，国运危殆；第六节表明不愿随波逐流的胸怀；第七节自叹衰老，事业无成；第八节谴责谗人误国；第九节写准备远游隐退的情景。

本篇展现了一幅楚王朝行将没落的衰败图景，朝廷上奸佞当道，蒙蔽楚王，贬逐贤臣，造成了朝政混乱，诗人对此无比忧虑。"农夫辍耕而容与兮，恐田野之荒秽。事绵绵而多私兮，窃悼后之危败"几句，谓农夫们停止耕种而踌躇忧思，田园从此芜秽荒凉，恶人们贪得无厌，唯利是图，如此下去，国家就将危亡。这几句诗应给予足够重视。《诗经·豳风·七月》里已写到农夫们"无衣无褐，何以卒岁"的悲惨景象，宋玉受其影响，将农夫们为国事而忧叹的形象写入诗中，这在先秦文人的辞赋中是绝无仅有的。屈原《离骚》中有"哀民生之多艰"，《哀郢》中有"民离散而相失"的诗句，为百姓之流离失所而叹息，宋玉与屈原一脉相承，进一步具体描写农夫的痛苦。虽只有寥寥四句诗，然而诗人忧国忧民之思已诉诸笔端，跃然纸上。

诗人不仅仅揭露朝政的黑暗，更针对时弊，提出了自己的主张，要求楚王学习古代的圣君明主，举贤授能，振兴楚国。他赞美尧舜能举任贤才，所以天下大治，希望楚王起而仿效。"今修饰而窥镜兮，后尚可以窜藏。"如果楚王能够对镜自照，整饬朝政，则国家尚不致败亡，仍有藏身之所。可是楚王在恶人的包围之中，诗人根本无法面见，更无法陈述自己的衷情和愿望，因此只能"仰浮云而永叹"，"悼余生之不时"，为生不逢时而抱憾。

对于黑暗的现实、污浊的环境，诗人虽无回天之力，然他决心以先贤为榜样，坚持高洁，表现了凛然的气节。"处浊世而显荣兮，非余心之所乐。与其无义而有名兮，宁穷处而守高。"这种蔑视世俗，出污泥而不染，不肯随波逐流的胸怀与屈原的精神正是相通的。

宋玉"是第一个描写'悲秋'的人"（朱自清《经典常谈》），本篇第一、第三节都有大段的秋景描写，细致入微，既烘托出楚国如处于萧瑟秋风中的没落的情景，又抒写出诗人遇受贬谪而流落山野的凄凉寂寞的情怀。秋景和秋思融成一体，使作品产生了强大的震撼力。特别是第一节，以"悲哉秋之为气也"开头，作为笼盖全诗的基调，接着，分别从草木的摇落、天地的寥阔、燕子的南飞、蟋蟀的夜鸣等来突出"贫士失职而志不平"的内心愁思，凄怨愁苦之状得到充分的展现，这是前此的《诗经》和屈原的作品中所没有的境界。鲁迅指出："《九辩》本古辞，玉取其名，创为新制，虽驰神逞想，不如《离骚》，而凄怨之情，实为独绝。"（《汉文学史纲要》）诗人对自然景物深入观察体味，进而以高度的技巧将其与个人的身世遭遇糅合起来，十分细腻地加以描写，创造了一种全新的诗的意境，使人耳目为之一新。杜甫就有"摇落深知宋玉悲，风流儒雅亦吾师"（《咏怀古迹》）的诗句，引宋玉为千古同调。"宋玉悲秋"，是那个时代不满黑暗政治，内心充满不平的诗人的苦闷呻吟，曾使多少怀才不遇，或遭受不幸的封建时代的文人骚客为之动容，产生了共鸣。如果将其作为无病呻吟来谴责，实在是一种脱离时代的莫大的误解。

宋玉有意学习屈赋，也以比兴象征手法来表现楚国的衰落及诗人生不逢时的怅惘。如以骐骥和凤凰比贤才，以猛犬、凫雁和浮云喻奸佞，以秋雨连绵象征国运危殆，以君门九重象征国君为恶人所包围，等等，因此而使全诗抒情意味更浓，意境愈深。

本篇的语言句式多变，不拘一格，从"悲哉"的二字句到"愿赐不肖之躯而别离兮"的十字句，长短参差。比之《离骚》，虚字用得更多，全诗更趋于散文化，兼得韵散相间之美。至于"兮"的运用，则发展了《离骚》和《九歌》的句式，整齐与变化交替，自由灵活。再加词藻之丰富，以及众多联绵词的运用，使得诗篇更增顿挫凄绝之致。

（朱碧莲）

汉魏六朝诗概述

杨　明

汉魏两晋南北朝，在中国诗史上是一个至关重要的时代。与先秦时代相比，诗歌的表现范围拓展了，艺术上更有重大的发展，涌现出许多优秀的诗人和大量佳作。不同时期的诗作各具特点，同一时期的不同诗人也常常各有独特的风格。中国古典诗歌两种最重要的体裁——五言诗和七言诗，都在这一时代萌芽和发展；尤其是五言诗，已成为诗坛的主流。

汉代诗坛最值得注意的有两点：一是乐府诗中那些来自民间的作品，具有较强烈的现实主义精神和鲜明的艺术特色。它们表现了下层人民的痛苦和愤怒，控诉了残酷的战争，也歌唱真挚热烈的爱情。它们情感强烈，语言质朴明快，想象大胆丰富，因此给人一种坦率爽朗、新鲜动人的感受。它们当中常有叙事成分，有情节，有对话，有人物和场景的描绘。二是五言诗的成熟。汉代民间歌谣和乐府诗中即有五言句，也有少数是通篇五言。而所谓李陵、苏武诗和"古诗"（其中有些可能原本是乐府歌辞，后来诗乐分离，失掉了曲调名，遂也被认作"古诗"）则都是纯粹的五言诗作。据近人考证，它们乃是东汉后期的作品，其作者大抵是些社会地位不高的文士。这些诗的内容，不外乎表现游子、思妇的愁怀，对富贵功名的向往和因人生短促而兴起的种种悲慨等。它们的语言、结构比较凝炼，风格以委婉含蓄者为多，凡此都显示出文人创作的特色。但它们仍然浑朴、自然，"若秀才对朋友说家常话，略不作意"（谢榛《四溟诗话》）。而在看似平淡、略不经意之中，却包孕着强烈的感染力，使人"读之自觉四顾踌躇，百端交集"（刘熙载《艺概》）。这些诗作的出现，是五言诗成熟的标志。它们和汉代乐府诗都给予后世诗歌以非常深远的影响。

汉末的社会大动乱给广大人民和诗人都带来不幸，但是却孕育了"建安风骨"，迎来了诗歌史上一个辉煌的时期。"建安"本是东汉最后一个皇帝刘协的年号，但文学史上的建安时期还包括了曹魏前期的十余年。战争和分裂既激发了诗人们感时伤乱、忧国忧民的情感，也培育了他们澄清天下、建功立业的壮志，于是他们的作品便呈现出一种激烈慷慨、劲健深沉的动人风貌，那便是后人所盛称的"建安风骨"。正如刘勰《文心雕龙·时序》所概括的："良由世积乱离，风衰俗怨，并志深而笔长，故梗概而多气也。"当然，建安诗歌的题材是广泛的，诗人们不仅描述乱离，抒发壮志，也歌唱友谊和爱情，也为生命的流逝而哀叹，也抒写"怜风月，狎池苑"（《文心雕龙·明诗》）的乐趣。这些题材的作品同样写得明快爽朗而不纤巧，同样具有动人的情感力量，那也是属于建安风骨概念之内的。形成建安风骨的因素是多方面的，除了"世积乱离，风衰俗怨"之外，自觉的"雅好慷慨"（曹植《前录序》）的审美情趣，以及对于汉代诗歌质朴浑成之美的继承，也都是重要的方面。当然，建安作品中开始出现了追求藻丽、讲究技巧的倾向，但并不过分，并没有损害那种慷慨多气的风骨之美。

这时期的代表诗人是"三曹"和"七子"。"三曹"指曹操、曹丕、曹植父子。"七子"中尤以刘桢、王粲诗名最著，他们都各具独特的风貌。曹植诗数量既多，又兼具风力、藻彩之美，被南朝人视为人伦之周、孔，鳞羽之龙、凤。（见钟嵘《诗品》上）曹操诗偏于质朴，然而苍劲悲凉，气韵沉雄。曹丕诗比较倾向于民歌化，形式也尤为多样。他的《燕歌行》是论七言诗发展时必须提到的佳作。七言诗与五言一样，起自民间。西汉谣谚等通俗作品中七言句已很普遍，也有通篇七言者。两汉文人也仿效其形式而作诗，但远不如五言诗发展迅速。写得出色而且完整流传下来的，只有东汉张衡的《四愁诗》，然后就是曹丕的《燕歌行》。此后三百年间，七言这一形式都未能获得重要地位。七言为许多作者所运用、取得重要地位，乃是陈、隋以后的事了。

在建安诗歌中，还必须提到女诗人蔡琰的《悲愤诗》和无名氏的《古诗为焦仲卿妻作》。前者为血泪所凝成，通过作者自身的悲惨遭遇，真实地反映了汉末的动乱。后者叙述了一个普通家庭中青年人的幸福和生命被封建家长制所吞噬的悲剧。二者均为五言长篇,《古诗为焦仲卿妻作》(又名《孔雀东南飞》)更长达一千七百余字,其叙事之生动,人物形象之鲜明,至今还使我们叹美不止。

建安之后是正始时期,亦即曹魏后期,代表诗人是阮籍和嵇康。他们身处曹魏与司马氏集团争夺倾轧的险恶政治环境之中,深怀忧生之嗟和愤世之意,虽不能大声疾呼,但我们仍不难从他们的诗作中获得鲜明的感受。阮诗尤其具有悲慨动人的情感力量,但却常常只能以比兴手法隐约其辞,形成意旨"遥深"(《文心雕龙·明诗》)、"归趣难求"(钟嵘《诗品》上)的特点。嵇诗则尤多高蹈遗世之辞,故刘勰称其"志清峻"(《文心雕龙·明诗》)。刘勰概括这一时期的诗作道:"正始明道,诗杂仙心。"(同上)可知企羡神仙、托意庄老正是此时诗歌创作中的普遍现象。据刘勰说,当时著名玄学家何晏也有不少此类诗作,不过已大多亡佚。这种情况的形成,一方面是由于政治黑暗,士人中滋长了逃避现实、隐遁求仙的思想情趣,再一方面也与当时玄学形成、士人好谈老庄的风气有关。而诗歌的发展却以此为契机,出现了哲理化的因素。后来东晋时笼罩诗坛的玄言诗,当可溯源于此。

西晋短祚,仅五十年,而著名的诗人不少。其中以陆机、潘岳、张协、左思成就为高。陆机富有才情,诗中时见新鲜的意象,如以"京洛多风尘,素衣化为缁"(《为顾彦先赠妇》)形容离家远宦,以"秀色若可餐"(《日出东南隅行》)形容女子美貌等，在后世诗文中都成了常用语。但就诗的内容题材、全篇意境等方面而言，却缺少新的开拓。他概括诗的特点为"缘情而绮靡"（《文赋》），对于诗歌的抒情性质有充分的自觉，由其作品中也可以看出以强烈的情感表现为美的文学趣味。可是他太注重排偶、藻彩等语言形式之美，这就妨碍了情感力量的发挥，诗的结构又多平实，故常给人以雕琢滞重的印象。可以说，陆机的创作正反映了西晋诗坛追求语言藻丽的新倾向。潘岳当日与陆机齐名。其诗以悼亡之作著称于后世。他的语言比陆机要清浅自然一些，而才力似不如陆。张协的长处在于擅长描绘景物，"巧构形似之言"（钟嵘《诗品》上）。左思在西晋诗坛显得非常突出。他的《咏史》八首借歌咏古人古事，抒发寒门下士对于垄断仕途的世家大族的愤恨和轻蔑，豪迈劲挺，磊落慷慨，不事华藻，可以说与建安风骨一脉相承，而与当时诗坛的一般风气异趋。宋明之后，人们对陆机、潘岳多有不满之辞，独于左思却评价日高。严羽和清代不少论者，均以左思为西晋成就最高的诗人。

经过西晋时期短暂的统一，中国重又陷入分裂之中。南方先是司马氏建立的东晋，继之者为宋、齐、梁、陈四朝，即所谓南朝；北方则为少数民族的政权所统治，先是十六国，然后是所谓北朝。总的说来，北方的文化落后于南方，诗歌创作同样如此。

东晋约一百年，乃是玄言诗占尽风流的时期。所谓玄言诗，大量运用《老》《庄》《周易》（所谓"三玄"）中的事义典故，发挥玄理，既无动人的情感力量，又无美丽的辞采，因此为南朝人所诟病，流传下来的作品很少。但在那一百年间，玄言诗却是盛极一时、为士大夫所喜爱的。这与当时的学术思想、士人生活密切相关。翻翻《世说新语》，就知道当时朝野谈玄风气之盛，玄言诗正是此种情况的反映。这种诗歌虽充满枯燥的理语，却也反映出士人以玄理释愁消忧的心态，还反映出他们将对"道"的体认与对山水的观赏二者相融合的生活情趣和审美态度。归根结底，玄言诗也还是当时士大夫生活和思想感情的反映。

玄言诗大多失传了，今天的读者遂觉得那百年间的诗坛几乎是一片空白。但在西晋与东晋之交、东晋与南朝刘宋之交，仍有几位优秀诗人在诗史上占有重要地位。东晋初有郭璞和刘琨，郭璞以词采葱蒨且不乏慷慨情思的游仙诗著称，刘琨以激昂悲壮、"自有清拔之气"（钟嵘《诗品》中）的爱国诗篇为后人所推重。东晋末则有陶渊明，他那纯朴自然、极富个性、情味深永的田园诗作，不仅足以弥补那"一片空白"的缺憾，而且成为中国诗史中的瑰宝，至今仍充满了艺术魅力。他的一些诗作流露出"有志不获骋"（《杂诗》）的苦闷，表明他内心也有矛盾和痛苦，还有一些诗表明他关心政治，并未遗忘世事，这确是不可忽略的重要方面。但就诗歌艺术而言，陶诗中更有价值的还是那些讴歌田园生活的篇什。因为正是这部分作品提供了一个崭新的且后人难以企及的审美境界。唐宋以后写田园诗的，很多有意拟陶，但是他们大多没有陶渊明那样隐居躬耕数十年的生活经历，也不容易达到渊明那种时时从朴素、平凡甚至艰辛的生活中感受到美的情趣、感受到满心喜悦的精神境界。陶诗是独特个性和各种复杂的时代因素互相融汇的产物，是诗歌艺术发展到一定阶段的产物，因此几乎是不可重复的。然而陶诗的佳处，无论是他同时代的人，还是南朝人，都还不能充分领略。直到宋朝以后，人们才重新认识了陶渊明，让他获得了应有的崇高地位。

《文心雕龙·明诗》说："宋（刘宋）初文咏，体有因革。庄老告退，而山水方滋。"东晋士人徜徉于清幽明瑟的山光水色之中，山水审美意识获得了重大发展，但出现在其玄言诗中的为数不多的描山绘水之句却还显得稚拙。宋初"兴会标举"（沈约《宋书·谢灵运传论》）的诗人谢灵运，既承受了东晋士人于山水中体"道"的高情远致，又以巨大的天才描绘出一幅幅清新秀美的画面，于是名噪一时，引起人们的纷纷仿效，成为山水诗派的开山祖。当时颜延之与谢灵运齐名。但颜延之擅长的是应诏之类庙堂制作，数典隶事，追求一种渊雅的风格，其实是缺少诗味的。据钟嵘说，当时已有"谢诗如芙蓉出水，颜如错彩镂金"的说法，"颜终身病之"（《诗品》中），可见有识者还是更欣赏清新秀逸之美。谢诗也注重雕琢字句，排偶、用典也甚多，后人也有表示不满的。但其诗究竟还是以那些模山范水、清新可爱的句子为主；而且那些说理的句子虽然用了不少老庄的话头，而用以抒发其游历时的感想情致，在当时人看来，也并不是硬装上去的尾巴，因此谢诗之为人所爱好是很自然的。

刘宋另一位大家是"才秀人微"的鲍照。鲍照诗的题材范围比颜、谢宽阔，时时喷涌出一位自负才智的寒士对于门阀社会的不平之气，颇为激昂慷慨。这使他的作品与建安风骨、左思风力有相通之处。他的诗常常具有急管高弦的调子、雕藻浓艳的色彩，因而给人以"倾炫心魂"（《南齐书·文学传论》）的紧张热烈之感。他最擅长五言和七言乐府。尤其是以《拟行路难》为代表的七言或以七言为主的杂言之作，自由奔放，可说是创造出一种最适于表现强烈情感和豪迈气势的诗体，对于后人如李白的那些七言歌行有直接的影响。其七言诗中还较多地出现了隔句押韵的情况，这与汉以来的七言诗如张衡《四愁诗》、曹丕《燕歌行》、晋代《白纻舞歌辞》等都不相同。而后世七言诗正是以隔句押韵为主流。因此，从诗体建设的角度说，鲍照也有重要地位。鲍照还有一些五言诗作，刻画景物颇具只眼，用字造句显得奇险，甚至给人以生硬诡激之感。这反映了当时诗坛避陈熟、求新奇的风气。稍后的江淹也有类似的特点。

颜、鲍、谢三家很有影响，直至梁代，仍为人们所仿效（见萧子显《南齐书·文学传论》），但齐梁诗坛也出现了新的风气。首先该提到齐永明年间提出的声律理论，即四声八病之说。那是要求诗句用字巧妙地利用汉字固有的平上去入四声，并注意同声母字和同韵字的安排，以求朗读时悦耳动听，具有多变而又和谐的声音之美。其具体规定过于繁琐，但汉语本是富于音乐性的语言，古人也向来重视诵读甚至言谈时的声音之美，永明声律论乃是企图进一步找出规律，制为科条，用人工方法保证声音美的获得。初唐以后盛行诗坛千余年之久的律诗、绝句，正是在其基础上形成的。其代表人物为沈约、谢朓、王融等人。当时影响甚大，诗人们斤斤讲求于此。试读当时人所作，声音确实普遍地变得比较和谐。其次，也是永明年间，提出了"好诗圆美流转如弹丸"（见《南史·王筠传》所载沈约引谢朓语）的观点。声韵和谐本有利于做到圆美流转；此外语言的自然平易、不用难字僻典、不用险拗句法，以及结构的紧凑匀称，也都是圆美流转的必要条件。代表这种新风气的佼佼者便是谢朓。宋人赵师秀《秋夜偶成》云"玄晖（谢朓）诗变有唐风"，便是对谢朓在诗史中地位的恰当评价，也不妨视为对谢朓所代表的齐梁新体诗的评价。

谢朓诗的又一突出优点是善于写景，这也可说是齐梁诗的共同优点。诗人们敏锐地捕捉、细致地观察自然景物的美点，并以清新圆稳的句子加以表现。《文心雕龙·物色》所说"自近代以来，文贵形似，窥情风景之上，钻貌草木之中"，就是此种创作风气的反映。钟嵘《诗品序》提出"直寻""自然英旨"，很大程度上该也是指写景而言。齐梁诗在写景方面的进步对唐人也颇有影响。

梁陈诗坛上最引人注目的事件是宫体诗的流行。这种诗以倡女、姬人为描绘对象，刻意表现女性的美丽。此类作品，梁以前就有，但蔚为风气则始于萧纲为太子时。作者都是些上层贵族，诗中反映的审美情趣当然是贵族式的，也确有庸俗低下的成分，但并不都是色情。不少作品描绘少女的歌容舞态和生活细节，颇能传神。这类作品的涌现，是对儒家传统诗教的大胆背叛；就题材和表现方法来说，在诗歌史上不无开拓的意义。

最后简略地谈谈北朝的诗歌。如前所述，北朝诗坛比南朝冷落得多。北人对于南方诗歌企羡不止，他们作诗也多效法南朝，并无突出的成就。梁亡之后，许多文人到了北方，受到北方文学爱好者的热烈欢迎。而这些南国文士的胸中，却激起了深沉的家国之感、乡关之思，于是唱出了新的沉郁悲凉的调子。庾信便是其中的杰出代表。北方文人诗坛虽然寂寞，但十六国、北朝的民歌却闪射异彩。它们颂赞勇武的骑士，抒发对爱情的渴望，歌唱草原的辽阔，无不粗犷豪健，恰与南方吴声、西曲的缠绵婉转相映成趣。千百年来家喻户晓的木兰从军故事，就出自北朝民歌《木兰辞》。如果要说南北文学风格的不同，南北朝的民歌乃是一个恰当的例子。

项　籍

项籍（前232—前202），字羽（一作子羽），下相（今江苏宿迁西南）人。出身贵族，世为楚将。秦末，随叔父项梁起兵于吴中，北上转战于河、淮间。项梁死，乃率军渡河，大破秦军。秦亡后，自立为西楚霸王，与刘邦争夺天下。最后兵败于垓下，逃至乌江自刎。今存诗仅《垓下歌》一首。　　　　（张　兵）

垓 下 歌

力拔山兮气盖世，时不利兮骓不逝。
骓不逝兮可奈何，虞兮虞兮奈若何！

　　二千一百多年前，在推翻秦王朝的大规模起义和嗣后的楚汉争战之中，演出了一幕幕威武雄壮、紧张热烈的活剧：公元前209年秋，陈胜、吴广起事于大泽乡，点燃了反抗暴政的烈火；两年后，项羽率楚兵与秦军战于巨鹿城下，大破其二十万众；又一年后，刘邦脱身于鸿门宴的刀光剑影之中……而其最后一幕，则是项羽兵败垓（gāi）下（今安徽灵璧东南），自刎乌江（今安徽和县东北江岸之乌江浦），时为前202年。于是刘邦建立了西汉王朝，中国历史进入了又一新的阶段。

　　《垓下歌》即项羽被困垓下时所唱。当时楚兵被汉军重重包围，兵员既少，粮草亦尽。夜中，项羽听得四面传来汉军歌声，且皆为楚歌，乃大惊，说："汉已尽得楚地了吗？怎么楚人如此之多啊！"乃起身饮于帐中，作此悲歌。司马迁《史记·项羽本纪》叙述当时情景道："歌数阕（几遍），美人和之。项王泣数行下。左右皆泣，莫能仰视。"歌中之"虞"即其美人，虞为其姓。"虞兮虞兮奈若何"，意谓："虞呀，虞呀，我该如何安排你呀！"若，你。歌中之"骓（zhuī）"，是项羽常骑的战马。马之毛色苍白相杂者称为骓。项羽骑此马五年，曾日行千里。虽是骏足，但陷于重围中，亦不能前行，故曰"骓不逝"。"骓不逝兮可奈何"，意谓宝马今也裹足止步，可怎么办啊！

此歌首句"力拔山兮气盖世"，可谓发唱惊挺，有雷霆万钧之势。据《项羽本纪》载，项羽"长八尺余，力能扛鼎"，气性勇烈，无人敢犯。当他从垓下突围时，汉将穷追不舍，他回身瞋目一叱，竟还使人马俱惊，倒退数里。可见其气势。项羽初起兵时仅二十四岁，而所向披靡。巨鹿一战，杀声动天，其他各路义军诸侯畏缩作壁上观，人人惴恐。秦兵既破，项羽召见这些诸侯将领，他们入辕门，无不跪着前行，不敢仰视。在楚汉相争中，原也是项羽屡胜，刘邦屡败。故他直至突围奔逃时还说："我起兵八年，身经七十余战，未尝败北，霸有天下。今困于此，乃是天要我灭亡，不是我作战之过！"其刚愎桀骜之态，溢于言表。由此也可想见他作此歌时的悲愤。首句力劲气猛，而以下三句无限苍凉，转接突兀，对比鲜明，使人强烈地感受到英雄末路的悲哀。

其实项羽之败并非偶然。他虽武勇过人，但缺少政治远见，不能用人，亦不能顺应民心，终于陷入孤立。司马迁即批评他"自矜功伐，奋其私智"，"欲以力征经营天下"。(《史记·项羽本纪》)如果冷静地评判他在历史上的地位，那么，他虽为推翻秦王朝作出过贡献，但究竟不是一个能顺应和推动历史潮流向前的人物。但是，若以艺术的、审美的目光去看，则其粗犷刚烈、叱咤风云的形象和悲剧性的结局，自足以动人。这首《垓下歌》也以其强烈的悲壮情感撼动后世无数读者。宋代朱熹虽不取其为人，但却称此歌"慨慷激烈，有千载不平之余愤"(《楚辞后语》)。清人沈德潜也说："'可奈何'，'奈若何'，呜咽缠绵，从古真英雄必非无情者。"(《古诗源》)项羽虽不读书，而此首临终之歌却使他的名字在诗歌史上长存了。

（张　兵）

刘 邦

刘邦（前256?—前195），字季，沛县丰邑（今属江苏丰县）人。少年时，生活放浪。曾任泗水亭长。秦末陈胜起义时，起兵响应，后与项羽共击秦军，率先攻入咸阳。秦亡后，与项羽展开长达五年的楚汉战争，建立西汉政权，并采取一系列措施巩固封建统治。卒谥高祖。其诗今存《大风歌》《鸿鹄歌》两首，皆为言志咏怀之作。 　　　　　　　　　　　　　　　　　　　　　　　　（张　兵）

大 风 歌

大风起兮云飞扬，

威加海内兮归故乡，

安得猛士兮守四方。

　　此诗是刘邦六十三岁时平定黥布叛乱后，在回长安途中转道故乡沛县时所作。这首壮歌，表达了刘邦夺得政权时志满意得但又颇感忧虑的情怀。

　　全诗共三句。首句中的"大风"和"云"，既是北方清秋的景物描写，同时又喻指各地风起云涌的反秦武装斗争。《文选》李善注云："风起云飞，以喻群雄竞逐而天下乱也。"作为群雄竞逐而最终夺得天下的刘邦，在故乡父老乡亲为他摆设的庆功宴上，回顾已取得的辉煌业绩，自然难抑激情，不禁击筑高歌，胜利者的自豪和自喜之情溢于言表。

　　第二句将诗人这种春风得意的状态表现至顶点。功成名就，四海归一，一个强者衣锦荣归的形象呼之欲出。但就在举杯欢庆之际，作者又不免流露出对国事的担忧，竟至于"慷慨伤怀，泣数行下"（《史记·高祖本纪》）。

　　结句正是这种担忧的直言坦陈。其中"安得"两字，充分表露了诗人亟需大批忠诚勇猛的将士来效忠汉朝、守卫四方的迫切心情。联想当年一起浴血奋战的将领于汉初大多叛离而去，诗人急于寻觅"猛士"的愿望更具现实意义。

　　从全诗看，成功的欢愉情绪和忧患意识同时占据着诗人的心灵。他成功地选择了一个表述既是"天子"又是"人"的真实情感的最佳时机，在凝炼、质朴的语言中，蕴含着深刻的内涵。这正是此诗的艺术魅力所在。

（张　兵）

刘　彻

刘彻（前156—前87），汉景帝之子。四岁立为胶东王，七岁为皇太子。十六岁即位，是为汉武帝，前140年—前87年在位。在位五十多年，实行了一系列改革措施，对内完成统一大业，对外开拓疆土，文治武功，雄才大略，使汉朝成为强大的帝国。他立乐府采集民歌，又能歌善赋，有集二卷。　　　　（孙安邦）

秋　风　辞

秋风起兮白云飞，草木黄落兮雁南归。

兰有秀兮菊有芳，怀佳人兮不能忘。

泛楼船兮济汾河，横中流兮扬素波。

箫鼓鸣兮发棹歌，欢乐极兮哀情多。

少壮几时兮奈老何！

　　这是一篇感秋怀人、慨叹人生易老的作品。《乐府诗集》卷八四"杂歌谣辞"引《汉武帝故事》："上行幸河东，祠后土。顾视帝京，欣然中流，与群臣饮燕，上欢甚，乃自作《秋风辞》。"

　　汉武帝曾五幸河东汾阴（今山西万荣西汾河之滨）祠后土，只有元鼎四年（前113）时值秋天，故《秋风辞》当作于此行。汾河畔秋风楼因《秋风辞》而得名，该楼今存元大德十一年（1307）中秋日所镌《秋风辞》碑刻。

诗的前四句是仿效乃祖刘邦《大风歌》所作。首句点题，表时节，起调高昂，大有乃祖"大风起兮云飞扬"的气概；第二句则情调骤降，"草木黄落"又兼"雁南归"，景物萧瑟，倍增凄清。"兰有秀兮"二句以兰、菊比佳人。刘彻时当不惑之年，身边既有"金屋藏娇"的陈皇后、"独不见卫子夫霸天下"的卫皇后，又有"倾城倾国"的李夫人、"两手皆拳，由是得幸"的钩弋夫人，似乎无所谓怀念美人之叹。其实，"佳人，谓群臣也"（五臣注）。在此天下一统、泛舟宴饮之际，作者不能忘却治世的文臣和戍边的武将，则是比较恰当和切合的。

"泛楼船兮"二句实写舟中所见。泛舟汾河，激起白色的波浪。以后苏轼诗云"横江击素波"（《和仲伯达诗》），与此意同。"箫鼓鸣兮"二句先写耳之所闻，再写心之所感。一边是助宴饮的箫鼓和鸣，一边是挽船士的划船棹歌。帝王虽富有四海，然而如此优游宴赏，究竟能维持多久呢？乐极生悲，哀伤不已。最后一句点明"哀情多"的原因：身为帝王，据有天下，怎么才能永享富贵荣华呢？

"少壮几时兮奈老何"，正是问题的症结所在。这次"幸汾阴……立后土祠于汾阴脽上"（《汉书·武帝纪》）之后，刘彻又在短短的十二三年中多次祠后土，屡屡举行封禅，祈神求仙，寻求长生不老之术。然而老之将至，死期终临，哪能永享人间帝王的奢华生活？诗中交织着复杂的感情，表达了对岁月如流、人生易老的沉思与哀叹。

全诗九句，形式特殊。句句以"兮"字作联结，齐整流畅，韵律和谐，是典型的楚骚句式。前八句已完整地表达了感秋伤怀的复杂情思。末句看似蛇足，但因直抒胸臆，却有画龙点睛之妙，反成全诗中心，有类"诗眼"。

（孙安邦）

刘细君

刘细君，即乌孙公主。汉江都王刘建之女。汉武帝元封年间（前110—前105）被作为公主远嫁西域乌孙国（今新疆温宿县北、伊宁市南）王昆莫。"乌孙以马千匹聘。……乌孙昆莫以为右夫人。"（《汉书·西域传》）　　　　　（孙安邦）

悲 愁 歌

吾家嫁我兮天一方，远托异国兮乌孙王。

穹庐为室兮旃为墙，以肉为食兮酪为浆。

居常土思兮心内伤，愿为黄鹄兮归故乡。

据《汉书·西域传》记载：武帝遣细君为公主，以妻乌孙王昆莫。"公主至其国，自治宫室居。岁时一再与昆莫会，置酒饮食，以币帛赐王左右贵人。昆莫年老，语言不通，公主悲愁，自为作歌曰……"

这是一首远适异域、思念故国的悲歌。前两句写她远适异国，嫁与乌孙王。这既不同于蔡文姬在乱中被虏远嫁南匈奴，也有别于王昭君出塞和亲嫁给呼韩邪单于，而是汉武帝出于政治外交的需要。当时，匈奴强盛，不时侵扰边土。为了孤立匈奴，武帝采纳了张骞"断匈奴右臂"的主张，与乌孙国修好。所以，刘细君的悲剧是一场政治交易的必然结局。

三、四句写她到乌孙后的生活。尽管"自治宫室居",但言语不通,生活习俗不同,加之昆莫年迈,很少聚首,甚至昆莫死后,还要另嫁其孙岑陬,真是悲不胜悲、愁不堪愁!诗人怎能不在远离家乡和亲人的异国,泣诉其思乡的哀怨呢?

末二句写自己的愿望:久处异域,思乡心切,多么希望能化为黄鹄,展翅翱翔,飞回故乡!

全诗六句,把诗人远托异国、思念故土的悲愁心情,表达无遗。其言简意赅、情真意切,体现了汉代乐府民歌"感于哀乐、缘事而发"的现实主义创作精神和质直古朴、天然本色的艺术风格。

(孙安邦 李 丽)

梁 鸿

梁鸿（生卒年不详），字伯鸾。扶风平陵（今陕西咸阳西北）人。家贫好学。曾为人佣工，又尝受业于太学。崇尚气节，同妻子孟光隐居霸陵山中，相敬如宾，后世传为佳话。后改姓更名，隐于齐鲁。今存诗三首。 　　　　　（李 丽）

五 噫 歌

陟彼北芒兮，噫！

顾瞻帝京兮，噫！

宫阙崔巍兮，噫！

民之劬劳兮，噫！

辽辽未央兮，噫！

　　这是一首感事伤时之作，因诗中有五个"噫"字，故称《五噫歌》。据《后汉书》本传记载，梁鸿东出关过洛阳，目睹华丽的宫室，嗟叹帝王的奢侈给人民带来的无尽劳苦，因作此歌叹之。汉章帝读后非常生气，欲治其罪，梁鸿不得不改名梁耀，字侯光，避居齐鲁。所以此诗大约作于汉章帝建初、章和之际（77—88）。

　　全诗五句，分两个层次：前二句叙事，后三句抒情。先写登高望远，登上北芒山（在今河南洛阳北），远眺帝京洛阳，宫垣古冢，历历在目，不禁连连发出"噫"的慨叹。

后三句写帝京宫阙崔巍，蜿蜒百里，对帝王的奢侈豪华忿忿不平。其中"宫阙崔巍"与"民之劬劳"恰成鲜明的对照，帝王那些华丽的宫室，哪一座不是由劳动人民的辛劳修建起来的呢？末句"辽辽未央兮"，正是哀叹人民的劳苦永无休止、不堪言喻，反映出诗人对民生疾苦的深切关怀和同情。

这首古诗先叙事，后抒情，结构严谨。诗人采用对比手法，突出主题，语言凝炼，感慨良深。对帝王奢侈无度、人民劳苦不止的慨叹，全都凝聚在五个"噫"字中，有强烈的节奏感和丰富深沉的意蕴，增强了诗的感染力。　　　　　　　　　　　（李　丽　孙安邦）

张 衡

张衡（78—139），字平子。东汉南郡西鄂（今河南南阳）人，历任南阳主簿、太史令、侍中、河间王相，后征拜尚书。

张衡是伟大的科学家，又是文学家。曾创制浑天仪和地动仪，所著《灵宪论》和《浑天仪图注》是天文学的重要文献。他在文学方面的代表作有《二京赋》《归田赋》，诗有四言《怨诗》、五言《同声歌》和七言《四愁诗》等。有明代辑本《张河间集》。

（林家骊）

怨 诗

秋兰，咏嘉美人也。嘉而不获，用故作是诗也。

猗猗秋兰，植彼中阿。
有馥其芳，有黄其葩。
虽曰幽深，厥美弥嘉。
之子之远，我劳如何。

本诗一名《怨篇》，见《太平御览》卷九八三，将与屈原《楚辞·离骚》、赵壹《疾邪诗》有关秋兰的句子收在一起，名为写兰，实寓寄托之意，正如诗序所说，是以秋兰咏嘉美人，但"嘉而不获"，故有此作。

这是一首四言古诗，共八句。首二句写美盛的秋兰种植在丘陵的中部。猗猗，美盛貌。阿，大的丘陵。次二句写秋兰的香气与花色。馥、芳，都指香与香气。言此秋兰，开着黄花，香气馥郁。接下来二句，言秋兰虽植幽处，却显得更加美丽，更加令人喜爱。最后二句是总结，表达了诗人的忧伤：那个美人离我那么远，怎么才能接近她、得到她呢？实在令我忧伤。

本诗最大的特点，是从《诗经》和《楚辞》中吸取营养，委婉曲折地表达自己的思想感情。全诗采用四言形式，其中不乏对《诗经》名句的摹仿与改作，如首二句"猗猗秋兰，植彼中阿"出于《卫风·淇奥》的"绿竹猗猗"和《小雅·菁菁者莪》的"菁菁者莪，在彼中阿"；末二句"之子之远，我劳如何"，则又源于《秦风·晨风》的"如何如何，忘我实多"。以香草、美人喻君王与清明的政治，是《楚辞》的一贯表现手法，本诗承袭了这种技巧，因而显得寄兴幽深，意绪缠绵。另外，本诗用语优美、文辞淡雅，《文心雕龙·明诗》评之曰："张衡《怨篇》，清曲可诵。"　（林家骊）

四　愁　诗

我所思兮在太山，欲往从之梁父艰。
侧身东望涕沾翰。
美人赠我金错刀，何以报之英琼瑶。
路远莫致倚逍遥，何为怀忧心烦劳？

我所思兮在桂林，欲往从之湘水深。
侧身南望涕沾襟。
美人赠我金琅玕，何以报之双玉盘。
路远莫致倚惆怅，何为怀忧心烦伤？

我所思兮在汉阳，欲往从之陇坂长。
侧身西望涕沾裳。
美人赠我貂襜褕，何以报之明月珠。
路远莫致倚踟蹰，何为怀忧心烦纡？

我所思兮在雁门，欲往从之雪纷纷。
侧身北望涕沾巾。
美人赠我锦绣段，何以报之青玉案。

路远莫致倚增叹，何为怀忧心烦惋？

　　本诗最早见于《文选》，诗前有短序云："张衡不乐久处机密（《文选》五臣注："时为太史令，主天文玄象，故称机密。"），阳嘉中（汉顺帝年号，132—135 年）出为河间相。时国王骄奢，不遵法度，又多豪右并兼之家，衡下车（到任），治威严，能内察属县，奸滑行巧劫，皆密知名，下吏收捕，尽擒，诸豪侠游客悉惶惧逃出境。郡中大治，争讼息，狱无系囚。时天下渐弊，郁郁不得志，为《四愁诗》。效屈原以美人为君子，以珍宝为仁义，以水深雪雾为小人。思以道术相报，贻于时君，而惧谗邪不得以通。"自李善以下，大都据此序来解释本诗。然据近人考订，此序乃后人编集张衡诗文时增损有关史料写成，不是张衡所作，但可作为分析本诗寓意之参考。今据诗中所表现的内容，诗人所思念的"美人"并非确有其人，而是或东或西，有所寄托的。

　　全诗分为四章，每章七句。首章叙述对东方美人的思念。太山，即泰山。梁父，一作梁甫，在今山东泰安东南，为泰山支阜。翰，衣襟。金错刀历来有两解，一说指用黄金镀过刀环或刀柄的佩刀，一说指王莽时所铸的一种刀币，两说均见《文选》李善注。作为馈赠的珍物，似以前说较好。英，是"瑛"的假借字，指玉的光泽。倚，即猗，语助语。逍遥，彷徨不安。这一章大意是：我所思念的人在泰山，我想去找她，又难越梁父的险阻，侧身东望而不禁泪沾衣襟。美人送给我一把金错刀，我要用最好的美玉来还赠她。

但路途太远，无法送达，徘徊无计，怎不使我心中忧伤，使我烦恼？以下三章意略同。第二章叙对南方美人的思念。桂林，秦郡名，郡治即今广西桂林。金琅玕，用金嵌镶着的美玉，即所谓"金镶玉"，金一作"琴"；琅玕，似玉的美石。第三章叙对西方美人的思念。汉阳，东汉明帝改天水郡为汉阳郡，治冀县，在今甘肃省谷县南。陇坂，即陇山，在今陕西陇县西北，《三秦记》曰："陇坂九回，不知高几许，欲上者七日乃越。"貂襜褕（chān yú），指貂皮所制的直襟袍子。襜褕，直襟，代指直襟的衣服。明月珠，《后汉书·西域传》说，大秦国（罗马帝国）所产。踟蹰，徘徊不前貌。烦纡，烦闷。第四章叙对北方美人的思念。雁门，古郡名，东汉雁门郡治阴馆，在今山西代县西北。锦绣段，成匹的锦绣，段与"端"同义，即后世所谓"锦绣百端"之意。案，古时放食物的小几。惋，怨。

这首诗借写怀人愁思而抒发作者伤时忧世之情，寄托之意非常明显。李善《文选》注把太山解释为君主，梁父解释为小人，言作者愿辅佐君主，致于有德，而为小人谗邪所阻难。再如各章第三句，五臣注解为"意愁王室，志所不安，故侧身而望也"。第四、五两句，五臣注曰："喻君荣我以爵禄，愿报以仁义之道，以成君德也。"第六句，五臣注曰："小人在位，必不容贤者所入，谗邪执权，忠臣莫致，虽欲报君以仁义，谗邪所疾，如路远不可致也。"最后一句，五臣注曰："谓忧王室也。"唐吴竞《乐府古题要解》卷下更明确地说："右《四愁》，汉张衡所作，伤时之文也。其旨以所思之处乃朝廷，美之为君子，珍玩为义，岩险雪霜为谗诣，其源本出于

《楚辞·离骚》。"他们的说法为历代许多评论家所赞许。

在形式上，此诗颇具特色，通篇七言，虽然每章第一句尚有"兮"字，但它是文学史上较早的七言诗，在当时，尤其在文人的作品中，是非常少见的，对后世七言诗的形成有重大影响。在结构上，作者采用民歌重章叠咏的手法，反复咏叹，借以突出主题和加强抒情气氛。在用词方面，本诗文辞婉丽，真切动人，元陈绎曾《诗谱》谓之"寄兴高远，遣词自妙"，明王世贞《艺苑卮言》卷三曰："平子《四愁》，千古绝唱。"其言不虚。 （林家骊）

朱　穆

朱穆（100—165），字公叔，南阳宛（今河南南阳）人。少时笃学有名，桓帝时（147—167）为冀州刺史，后征拜尚书。秉性刚直，曾切谏梁冀，反对宦官；又憎恶当时社会风气的浇薄与势利，慕尚敦厚，作《崇厚论》和《绝交论》。

（林家骊）

与刘宗伯绝交诗

北山有鸱，不洁其翼。

飞不正向，寝不定息。

饥则木览，饱则泥伏。

饕餮贪污，臭腐是食。

填胸满膝，嗜欲无极。

长鸣呼凤，谓凤无德。

凤之所趋，与子异域。

永从此诀，各自努力。

这首诗见于《后汉书·朱穆传》注文。刘宗伯本为朱穆旧交，当朱穆官位较高时，刘宗伯曲意相结；而当朱穆因直谏受黜而官职较卑时，刘却以富贵骄慢，所以朱穆要和他绝交。诗以鸱鸮比刘，以凤鸟自比,指出两鸟本质、志向不同,因此只能绝交。作者另有《与刘宗伯绝交书》,责刘薄于仁义之道,可以参看。

这首四言古诗共十六句,可分前后两个部分。前十句是第一部分,首先以鸥为比,刻画了刘宗伯谲于变化的无耻行径,继则揭露他贪得无厌的丑恶本质。鸥,就是鸥鹢,一种恶鸟。木览,登树捉取小鸟之意,捕食小鸟是鸥鹢谋生的手段。览通揽,聚敛撮取之意。饕餮,用作名词时,指传说中的一种恶鸟,古钟鼎彝器上多刻其头部形象为饰。此处用如动词,是凶恶贪婪之意。膆,又作嗉,鸟类喉咙中容纳食物的地方。嗜欲无极,指喜好和欲望无度。后六句为第二部分,以凤自比,显示了自己绝对不与刘宗伯同流合污的高尚情操,表示了绝交的决心和态度。

本诗最突出的特点是用比,以凶恶贪婪的鸥鹢来比刘宗伯,以志向高洁的凤鸟来自况,两相对比,其义甚明。其次是感情充沛,态度明朗、坚决,全诗一气呵成,作者愤激之情,跃然纸上。再次,本诗语言精练,比如连用四个动词来描写鸥鹢在飞、宿、饥、饱四种情况下的状态,形象鲜明、生动,其寓意也由此揭示无遗了。这首诗深刻地反映了东汉时代的社会风气和当时一些耿介之士的精神面貌。

(林家骊)

秦 嘉

秦嘉（生卒年不详），字士会，陇西郡（治狄道，在今甘肃临兆南）人。桓帝时（147—167）为郡吏，后为郡上计入京，留为黄门郎。数年后病卒。作品仅存《与妻徐淑书》《重报妻书》和《赠妇诗》三首。 (林家骊)

赠 妇 诗

（三首选二）

人生譬朝露，居世多屯蹇。

忧艰常早至，欢会常苦晚。

念当奉时役，去尔日遥远。

遣车迎子还，空往复空返。

省书倍凄怆，临食不能饭。

独坐空房中，谁与相劝勉？

长夜不能眠，伏枕独辗转。

忧来如循环，匪席不可卷。

肃肃仆夫征，锵锵扬和铃。

清晨当引迈，束带待鸡鸣。

顾看空室中，髣髴想姿形。

一别怀万恨，起坐为不宁。

何用叙我心，遗思致款诚。

宝钗好耀首，明镜可鉴形。

芳香去垢秽，素琴有清声。

诗人感木瓜，乃欲答瑶琼。

愧彼赠我厚，惭此往物轻。

虽知未足报，贵用叙我情。

　　秦嘉《赠妇诗》共三首，这里选的是第一与第三首。《赠妇诗》是秦嘉为郡上计，入京前写给其妻徐淑的。《玉台新咏》卷九序本诗道："秦嘉……为郡上计（汉郡国每年遣吏到京师致事，叫上计，其所遣之吏也叫上计，钟嵘《诗品》卷中即称秦嘉为"汉上计"），其妻徐淑寝疾还家（归母家），不获面别，赠诗云尔。"

　　第一首诗大意是：我将奉役离乡，与妻不得见面告别，独自伤感，无人慰解。全诗十六句，共四层意思，四句一层，层层递进。首四句言人生常会遇到不顺心的事，与心上人在一起的时间少，分别的时间多。"屯"和"蹇"是《周易》中的两个卦名，都表示艰难不明之意，故通常用来借指艰难阻滞。次四句言己奉时役出远门，派车去接妻子，结果却空车而回，不得面别。时，通"是"，时役即此役，指为郡上计，被派遣入京。遣车迎子，秦嘉入京离家时，其妻徐淑正卧病娘家，秦嘉当时曾派车去接她，还给她写了一封信(《与妻徐淑书》)，不知何故，徐淑未回，只给他写了一封回信(《答夫秦嘉书》)。子，您，古时尊称对方。第三层写秦嘉接到妻子的信后，非常伤心，独坐空房，茶饭不思，无人劝解。省，披阅、览看。饭，作动词，犹"吃"。最后四句写长夜难眠、忧思无穷，借用《诗·邶风·柏舟》中"我心匪席，不可卷也"成句，来表达自己的忧愁无法排解，自然而形象，不露痕迹。

　　这里选的第二首原是《赠妇诗》第三首。诗人临去前顾眷空房，想象妻子的容态，满怀惆怅，却又无可奈何，只能留赠几样东西，表示情意。全诗二十句，也分四层意思。前四句是第一层，从车夫和铃声着笔，写天明即将起程，忧思不眠，束带以待。肃肃，疾速貌。仆夫，车夫。和铃，古代车上系着的铃，系于轼者谓之和，系于衡者谓之鸾。引迈，起程，上路；迈，远行。次四句为第二层，言临去时对妻之思念。"何用教我心"至"素琴有清声"为第三层，言临别赠物。遗思，指写信，即《重报妻书》。宝钗、明镜、芳香、素琴，都是秦嘉临行前留赠徐淑之物。其《重报妻书》云："间得此镜，既明且好，形观文彩，世所希有，意甚爱之，故以相与。并致宝钗一双，价值千金。龙虎组履一纲，好香四种各一斤。素琴一张，常所自弹也。明镜可以鉴形，宝钗可以耀首，芳香可以馥身去秽，麝香可以辟邪气，素琴可以娱耳。"诗中这几句即撮述其意。"诗人感木瓜"至末为第四层，言妻子待己情义极深，我虽赠物以表意，却不能相称，有愧于古诗人用美玉报答木瓜的精神。《诗经·卫风·木瓜》："投我以木瓜，报之以琼琚"，"投我以木桃，报之以琼瑶"，都是说要拿更好更珍贵的东西报答对方。往物，指上述明镜、宝钗、芳香、素琴四物。诗最后二句用《木瓜》篇"匪报也，永以为好也"句意，说自己虽知这点微薄之物不能报答您的深恩，但用它来表达我的一点心意还是可贵的。

汉诗大多风格浑厚，此诗却以直抒胸臆、感情真挚缠绵见长。作品表现了诗人对妻子的眷念和留恋，以及由此显示的夫妻之间的深情，词气和易，诗韵动人。正因如此，钟嵘《诗品》将其列为中品。在"汉上计秦嘉、嘉妻徐淑"条曰："夫妻事既可伤，文亦凄怨，为五言者，不过数家，而妇人居二，徐淑叙别之作，亚于《团扇》。"评价是相当高的。徐淑亦善诗，其《答秦嘉诗》曰："妾身兮不令，婴疾兮来归。沉滞兮家门，历时兮不差。旷废兮侍觐，情敬兮有违。君今兮奉命，远适兮京师。悠悠兮离别，无因兮叙怀。瞻望兮踊跃，伫立兮徘徊。思君兮感结，梦想兮容晖。君发兮引迈，去我兮日乖。恨无兮羽翼，高飞兮相追。长吟兮永叹，泪下兮沾衣。"又有《答夫秦嘉书》《又报嘉书》。夫妻书信诗歌往还，情真意切，读来感人至深。

（林家骊）

赵 壹

赵壹（生卒年不详），东汉灵帝时（168—189）名士，约与蔡邕（132—192）同时。字元叔，汉阳西县（今甘肃天水）人。生性耿直，恃才傲物，不肯趋炎附势。曾几次遭诬陷，几至于死，赖友人拯救得免。灵帝时以上计入京，为袁逢、羊涉所礼重，名动京师。后西归，公府多次征召，均不就。《刺世疾邪赋》（内有《疾邪诗》）是其代表作。 　　　　　　　　　　　　　　　（林家骊）

疾 邪 诗

（二首）

河清不可恃，人寿不可延。

顺风激靡草，富贵者称贤。

文籍虽满腹，不如一囊钱。

伊优北堂上，抗脏倚门边。

势家多所宜，咳唾自成珠。

被褐怀金玉，兰蕙化为刍。

贤者虽独悟，所困在群愚。

且各守尔分，勿复空驰驱。

哀哉复哀哉，此是命矣夫！

《疾邪诗》二首见于《刺世疾邪赋》中，原载《后汉书·赵壹传》。赵壹生当东汉末年，为人耿介倨傲，曾几次受人诬陷，差点被判死刑，幸友人相救得免，因作《刺世疾邪赋》，抒写对世事不平的愤慨。赋中二诗假托秦客与鲁生所歌，指斥小人窃据高位，豪强把持一切，刚直有才的贤士多被埋没。

第一首为秦客所歌。河清，语出《左传·襄公八年》："俟河之清，人寿几何？"古人传说黄河水一千年变清一次，黄河一清，清明的政治局面就将出现。首二句说人的寿命有限，无法等待乱世澄清之时。激，猛吹。靡草，细弱的草。次二句形容没有骨气的人随风倾倒，富贵的人被推称为贤人。文籍，文章典籍，代指学问、才学。这二句是说，即使有满腹的才学，还不如一袋钱。伊优，卑躬屈节、诏媚貌。北堂，在北的厅堂，富贵者所居。抗脏，高尚刚正之貌。倚门边，被疏弃之意。最后二句是说，诏媚的小人为统治者所亲近，故得升堂，刚直的人反被摈斥，倚在门边。

第二首是鲁生对秦客的答歌。势利，有权有势之人。首二句是说，有权势者干什么都被认为适当，说什么都被人奉为珠宝。被，披，穿着。褐，粗布衣。金玉，借喻美好的才德。兰蕙，两种香草名。刍，喂牲口的干草。次二句意谓贫穷的人虽有美好的才德，也不为人重视，就如兰蕙被人视为刍草一样。独悟，犹独醒，《楚辞·渔父》中有"众人皆醉我独醒"之语。这二句是说，贤者见解虽高，但在愚昧的人群之中，仍不得不受困。尔分，你的本分。空驰驱，白白奔走。此二句说贤而贫的人只应安守本分，就是积极奔走也无用处，这是愤激之辞。最后二句感叹命运多舛，世道不济。

　　这二首诗最突出的特点，是作者激昂慷慨的愤世嫉俗之情贯穿始末。整篇作品尖锐地揭露和批判了统治者的腐朽、社会道德风气的败坏、邪恶奸佞的得势，权门豪族的不法，正人贤才和贫贱阶层的被压抑，鲜明地表示了作者正直耿介的性格和对不合理社会制度的不满情绪。态度明朗，形象生动，风格遒劲。

　　使用对答与对比是本诗艺术上的一个特色。赋中一般都设主客问答，此二诗之对答就是这种形式之转化。二诗中富贵与贫贱、势家与贤者、独悟与群愚等等，两两对照，艺术形象极其鲜明。尤其是第一首后四句，全是尖锐的对比。比兴手法和典故的运用，也是本诗获得成功的原因之一。诗以"河清"一典领起，表明当时要企求清明政治是不可能的，从而为全诗奠定了基调。再如"靡草""咳唾""金玉""兰蕙""刍"等，在诗中无不含寓比拟之意。故钟嵘《诗品》评之曰："元叔散愤兰蕙，指斥囊钱，苦言切句，良亦勤矣。斯人也，而有斯困，悲夫！"可谓一语中的。　　　　　　（林家骊）

蔡琰

蔡琰（生卒年不详），字文姬（一作昭姬），陈留圉（今河南杞县南）人。东汉末年文学家蔡邕之女，博学有才辩，精通音律。初嫁河东卫仲道，后逢董卓之乱，没于南匈奴左贤王，居匈奴十二年，生二子。建安十二年（207），曹操念蔡邕无后，遣使者以金璧将她赎回，重嫁于同郡董祀。作品今传《悲愤诗》二篇，一五言，一骚体。后者所述情节，有与作者生平不符，大多认为非蔡琰所作。此外，《胡笳十八拍》相传亦为她所作。 （胡申生）

悲 愤 诗

汉季失权柄，董卓乱天常。

志欲图篡弑，先害诸贤良。

逼迫迁旧邦，拥主以自强。

海内兴义师，欲共讨不祥。

卓众来东下，金甲耀日光。

平土人脆弱，来兵皆胡羌。

猎野围城邑，所向悉破亡。

斩截无孑遗，尸骸相撑拒。

马边悬男头，马后载妇女。

长驱西入关，迥路险且阻。

还顾邈冥冥，肝脾为烂腐。

所略有万计，不得令屯聚。
或有骨肉俱，欲言不敢语。
失意几微间，辄言"毙降虏，
要当以亭刃，我曹不活汝。"
岂敢惜性命，不堪其詈骂。
或便加棰杖，毒痛参并下。
旦则号泣行，夜则悲吟坐。
欲死不能得，欲生无一可。
彼苍者何辜，乃遭此厄祸？
边荒与华异，人俗少义理。
处所多霜雪，胡风春夏起。
翩翩吹我衣，肃肃入我耳。
感时念父母，哀叹无终已。
有客从外来，闻之常欢喜。
迎问其消息，辄复非乡里。
邂逅徼时愿，骨肉来迎己。
己得自解免，当复弃儿子。
天属缀人心，念别无会期。
存亡永乖隔，不忍与之辞。
儿前抱我颈，问母欲何之？
人言母当去，岂复有还时？

阿母常仁侧，今何更不慈？
我尚未成人，奈何不顾思！
见此崩五内，恍惚生狂痴。
号泣手抚摩，当发复回疑。
兼有同时辈，相送告离别。
慕我独得归，哀叫声摧裂。
马为立踟蹰，车为不转辙。
观者皆歔欷，行路亦呜咽。
去去割情恋，遄征日遐迈。
悠悠三千里，何时复交会？
念我出腹子，胸臆为摧败。
既至家人尽，又复无中外。
城郭为山林，庭宇生荆艾。
白骨不知谁，从横莫覆盖。
出门无人声，豺狼号且吠。
茕茕对孤景，怛咤糜肝肺。
登高远眺望，魂神忽飞逝。
奄若寿命尽，旁人相宽大。
为复强视息，虽生何聊赖？
托命于新人，竭心自勖厉。
流离成鄙贱，常恐复捐废。

人生几何时，怀忧终年岁。

这首诗最早见于《后汉书·列女传》。据本传说，蔡琰流落南匈奴十二年，被曹操赎回。"后感伤乱离，追怀悲愤，作诗二章。"即《悲愤诗》五言及骚体各一首，这里选录五言诗。

这是一首自述经历的长篇叙事诗，凡一百零八句，五百四十字，主要记述诗人于汉末董卓之乱时被掳掠至南匈奴的过程、遭遇，以及被赎回中原的经过和所见所闻。在叙事中抒发真情实感，全诗具有强烈的感染力。

全诗按情节的发展线索，可分为三大段：从开头到"乃遭此厄祸"为第一段，主要叙述董卓之乱给天下百姓带来的巨大灾难，和自己被掳掠到南匈奴所受到的种种非人虐待；从"边荒与华异"到"行路亦呜咽"为第二段，主要写了作者在南匈奴孤苦生活和对故国亲人的思念，以及得知被赎后与儿子诀别、与难友分离的情况；从"去去割情恋"到"怀忧终年岁"为第三段，主要写了诗人归汉途中对儿子的怀念，和回到故里后见到家破人亡时的悲痛。

诗中所写，论时间，前后十二年；论场景，宏大纷繁；论地域，从中原到大漠草原，又从草原回到中原。论情节的发展，则集家事、国事于一篇，乍惊乍喜，疑虑相错，悲愤交织，感情跌宕起伏，纷至沓来。但所有这一切，经诗人写来，恰如行云流水，一气呵成，催人泪下。正如沈德潜所说："文姬《悲愤》诗，灭去脱卸转接之痕，若断若续，不碎不乱，读去如惊篷坐振，沙砾自飞。"

（《说诗晬语》）蔡琰之所以能写出这样一首大气磅礴的好诗，同她的痛苦经历是分不开的。吴闿生在《古今诗范·悲愤诗注》中说这首诗"为文姬肺腑中言，非他人之所能代也"，是很精到的。

作为一首长篇叙事诗，作者对材料的剪裁运用可称别具匠心。全诗虽以时间发展为线索来安排叙事与抒情，但详略得当，不局不促。全诗抓住几个亲身遭遇的而又与社会动乱紧紧相连的主要片断，施以重彩浓墨。如写"迴路"被掳掠的遭遇，"或便加棰杖，毒痛参并下。旦则号泣行，夜则悲吟坐。欲死不能得，欲生无一可"。既避免了枝蔓旁逸，又突出了重点。诗人写她生活中的每一个阶段，但注意精心选择最富有典型意义的材料、最动情的事例加以合理安排。如她在胡地十二年的生活，只用几句话略笔带过；而到了被赎返汉与娇儿诀别时，却整整用了十七句，大大增强了全诗的悲剧色彩。对具体场景的描写，诗人则从多侧面、多角度来表现。如"送别"一段，"慕我独得归，哀叫声摧裂"，是写难友们的复杂心理；"马为立踟蹰，车为不转辙"，是借车马来渲染离别之苦；"观者皆歔欷，行路亦呜咽"，是以旁观者的悲伤来烘托气氛。这种镜头的不断转换，有利于情节的深化，也避免了叙述的单调、拖沓。

这首诗在艺术上成就很高。首先，作品将抒情融于叙事之中，达到了叙事与抒情的完美统一。细读全诗，虽然情节不断变化，但这种变化往往为诗人的感情变化所驱使，从而使感情起了牵着故事发展走的主导作用，这样就大大增强了感染力。其次，诗人在语言运用方面极有功力。一些大的场景，她往往只用一两句带过，显示了高度的概括力。董卓之乱，本是汉末政治舞台上的一出重头戏，头绪繁多，局面复杂，但诗人在全诗的开篇仅用寥寥八句，便形象地勾勒了它的轮廓。此外，为了使作品更富有生活实感和流动性，诗人又很注意将细节描写穿插于对具体场景的概括之中。如"猎野围城邑，所向悉破亡"，是对董卓军队的残暴和贪婪的概述，以下"斩截无孑遗，尸骸相撑拒。马边悬男头，马后载妇女"，则是对"悉破亡"的进一步形象化表现。

（胡申生）

辛延年

辛延年，东汉人，生平不可考，作品仅存《羽林郎》一首。　　　　（姜俊俊）

羽 林 郎

昔有霍家奴，姓冯名子都。

依倚将军势，调笑酒家胡。

胡姬年十五，春日独当垆。

长裾连理带，广袖合欢襦。

头上蓝田玉，耳后大秦珠。

两鬟何窈窕，一世良所无。

一鬟五百万，两鬟千万余。

不意金吾子，娉婷过我庐。

银鞍何煜爚，翠盖空踟蹰。

就我求清酒，丝绳提玉壶。

就我求珍肴，金盘脍鲤鱼。

贻我青铜镜，结我红罗裾。

不惜红罗裂，何论轻贱躯。

男儿爱后妇，女子重前夫。

人生有新故，贵贱不相逾。

多谢金吾子，私爱徒区区。

　　这是一首深受乐府民歌影响，而又出自于文人笔下的五言诗，始见于《玉台新咏》，《乐府诗集》载入《杂曲歌辞》。

　　从表面看，作品似乎是写西汉的故事。据《汉书》记载，西汉权倾一时的重臣霍光，"爱幸监奴冯子都，常与计事"（《霍光传》）。故作品一开头就说："昔有霍家奴，姓冯名子都。"但多数学者认为，这是作者假托往事以影射当世社会。清代学者朱乾更明确提出这首诗是讽刺东汉外戚窦氏家奴的。他在《乐府正义》中说："后汉和帝永平元年，以窦宪为大将军。窦氏兄弟骄纵，而执金吾景尤甚；奴客缇骑，强夺财货，篡取罪人妻，略妇女，商贾闭塞，如避寇仇。此诗疑为窦景而作，盖托往事以讽今也。"这种分析是有一定道理的。

　　诗题中的"羽林郎"本是官名，是统帅皇家警卫部队羽林军的军官。但作品并非写羽林军事，故知这原是乐府旧题，作者借以叙述一个年仅十五岁的酒家少女抗拒豪门恶奴调戏的经过。

　　作品一开始，就点明了恶奴的身份、姓名，并以"依倚将军势，调笑酒家胡"两句，交代了全诗的中心事件。"胡"是汉代人对当时西域人或匈奴人的称谓。"酒家胡"即卖酒的外族女子。当时正值春光明媚，十五岁的酒家女胡姬独守酒垆卖酒。她那带有西域女子特点的华丽妆饰和散发着青春气息的漂亮容貌，引起了豪门恶奴的垂涎。只见他冒充"金吾子",穿着鲜艳豪华的衣服,乘坐着宝马雕车,装模作样地来到小酒店饮酒。醉翁之意不在酒,刚点完酒菜,恶奴就开始对胡姬轻薄起来:"贻我青铜镜,结我红罗裾。"企图以赠青铜镜为由,对胡姬行调戏之实。可是他没想到胡姬竟以"不惜红罗裂,何论轻贱躯"的坚决态度,拒绝了他的馈赠和调戏。紧接着胡姬又坦率陈言:"男儿爱后妇,女子重前夫。人生有新故,贵贱不相逾。"既嘲笑了冯子都之流寻花问柳的卑劣行径,表露了自己对爱情的忠贞不渝,同时又显示了这位酒家女宁守清贫、不愿高攀的气节。这位酒家女的回答看上去语气平静、委婉,实际上却是寓刚于柔,义正词严,态度十分坚决,给人以一种凛然不可侵犯的感觉。

这首诗无论从故事情节的展开,还是从描绘手法来看,都与《陌上桑》有相似之处。其思想价值,也可与《陌上桑》媲美。对故事情节作了必要的交代后,作者用酒家女的口气来进一步叙述,从而使姑娘的形象更加丰满可信,引起读者的同情和赞许。在艺术上,作者熟练地运用了铺陈、夸张的手法,充分体现了乐府民歌的特色。作品的结尾也很有特色,当女主人公把话讲完后,诗就戛然而止,并没有正面点出事情的结局。但是诗中矛盾的发展逻辑和鲜明倾向,为读者提供了推想依据,而这种推想,又恰恰是作品内在完整性的一种巧妙体现。

（姜俊俊）

宋子侯

宋子侯，东汉人，生平不可考。 （姜俊俊）

董娇娆

洛阳城东路，桃李生路旁。

花花自相对，叶叶自相当。

春风东北起，花叶正低昂。

不知谁家子，提笼行采桑，

纤手折其枝，花落何飘飏。

请谢彼姝子："何为见损伤？"

"高秋八九月，白露变为霜。

终年会飘堕，安得久馨香？"

"秋时自零落，春月复芬芳。

何时盛年去，欢爱永相忘！"

吾欲竟此曲，此曲愁人肠。

归来酌美酒，挟瑟上高堂。

这首诗始见于《玉台新咏》，《乐府诗集》将其收入《杂曲歌辞》中。

董娇娆为女子名，在唐诗中多代指美人，身份为歌姬一类。如杜甫《春日戏题郑郝使君》："细马时鸣金腰褭，佳人屡出董娇娆。"温庭筠《题柳》："香随静婉歌尘起，影伴娇娆舞袖垂。"因此，有人认为董娇娆本是一位著名的歌姬。宋子侯写这首诗，是伤感女子命不如花，或者是为董娇娆所作的自伤之词。也有的学者认为这首诗题名为《董娇娆》，只是袭用乐府旧题而已，诗意主要是感叹花落还可以蓄芳待来年，而人的盛年则一去不返，欢爱也跟着年华永逝，与董娇娆这个人并无直接关系。

这首诗在写作上很有特色。开头六句，写京都洛阳城东路上花事繁盛，一派明媚的春光，"花花自相对，叶叶自相当"，花繁叶茂，相互映衬；又以"春风东北起，花叶正低昂"，来表现花叶的高低摆动，静中有动，极富生气。作者正是通过这样的描写来起兴，暗寓人生盛年欢快愉悦之意。紧接着四句诗意陡转：来了一位采桑女郎，"纤手折其枝，花落何飘飏"，使正在盛开的花朵四下飞散。再往下，诗人以巧妙的手法以花拟人，设为问答，以此表现作诗的旨意：花儿固然一到秋天就会零落，可是它毕竟会在来年春风吹拂之际，重新恢复馥郁芬芳；而人的盛年却一去不复返，到那时即使是最喜欢你的人，也会永久地把你忘掉了。通过这番对话，诗人不得不感叹：女子的命运，其实真连花都不如啊！清人张琦曰："'秋时'四语言花落犹能复荣，盛年一去则欢爱永忘。意更沉痛。'何时'者，忽不自知之辞。"（《古诗录》）最后四句，是作者自陈写作意图："吾欲竟此曲，此曲愁人肠。归来酌美酒，挟瑟上高堂。"

既然人的盛年欢爱不能重来，那只有饮美酒以消愁，抚弦琴以解忧了。

对这首诗，尤其是对最后四句的理解，历来存在着分歧，不少人认为这首诗是宣扬"及时行乐"的主张，是"遣怀导饮之曲"（李因笃《汉诗音注》）。不错，这最后四句诗的确带有浓厚的伤感情调，表现作者面对人生盛衰的无可奈何；但我们也不能因此抹杀作品的积极意义：作者在诗中以花拟人，认为人不如花，极其深刻地反映了封建社会中妇女遭人蹂躏，被人像残花败叶般地任意抛弃的悲惨命运，这是值得重视和同情的。　　　　　　（姜俊俊）

无名氏

战 城 南

战城南，死郭北，

野死不葬乌可食。

为我谓乌："且为客豪，

野死谅不葬，腐肉安能去子逃。"

水深激激，蒲苇冥冥。

枭骑战斗死，驽马徘徊鸣。

梁筑室，何以南梁何北？

禾黍而获君何食？愿为忠臣安可得！

思子良臣，良臣诚可思，

朝行出攻，暮不夜归。

《战城南》是汉乐府民歌《铙歌十八曲》中的名篇，相传为汉武帝时期的作品。这首诗可分为四段，首句至"腐肉安能去子逃"为第一段。头三句概括了一场激战的情景。城南、郭北不仅互文见义，而且显示了战争的动向。"城"指内城，"郭"是外城。敌军由北入侵，深入到了城南，戍客家园被战火毁坏，形势非常严峻。经过激烈的反击，终于把入侵之敌驱逐出境，战斗由城南打到郭北，伤亡惨重，诗人的战友也不幸阵亡。"野死不葬乌可食"，虽非眼前实景，却是古战场上常见的现象：无人料理的尸体横陈郊野，任凭乌鸦啄食。正因为如此，战士们早在生前互相嘱托后事，"为我谓乌"云云，即阵亡战士生前对诗人的嘱托。"豪"通"号"。因为远离家园、客死异乡的将士无人为其号哭致哀，就嘱乌代替其亲人哀哭。这既反映出阵亡战士的忠勇精神，又极写其悲惨遭遇。其构思恰如陈本礼所说："奇则异想天开，巧则神工鬼斧。"（《汉诗统笺》）诗人把无限悲凉寄寓于奇特的设想之中，以豪犷的气概、诙谐的语言，写内心的哀痛，其感染力较之常言更深一层。这是《战城南》在艺术上的第一个特点。

"水深激激"至"驽马徘徊鸣"为第二段。诗人把阵亡战友比作英勇的"枭骑"加以歌颂，把幸存者比作"驽马"以抒感慨，旨在表达他对战友的深情。由于诗人先以流水的声音和蒲苇的颜色勾勒战后的肃穆景象，令读者置身于沉郁的意境之中，感受他对战友的肃穆敬佩之情，因而读来倍觉深切。这是本诗第二个艺术特点。

"梁筑室"至"愿为忠臣安可得"是第三段。"梁筑室，何以南梁何北?"有的以为二"梁"字是声辞，无义；有的以为前一个"梁"字指桥梁，后一个"梁"字本无，"何北"应作"何以北"。其实宋本《宋书·乐志》和宋本《乐府诗集》都作"梁何北"。二"梁"字既非声辞，也非桥梁，而是汉《巴人歌》"筑室载直梁"之梁，指楣梁，位于栋梁两侧，俗称二梁，屋架的南北两面各有一根。这句诗其实写的是诗人在筑室上梁时的感受。诗人认为如果战友健在，便可与他一起商量，哪一根木材可作南面的梁，哪一根宜作北面的梁。这是作者在重建被战争破坏的房屋时，对战友的悼念。"禾黍而获君何食？"今本都改"而"为"不"，但宋版《宋书》《乐府诗集》都作"而"，事实上"而"字并不错。而，汉人常作"已"解。此句意即禾黍已经收获，我们都已吃新的粮食，但是你已牺牲，不知你吃什么？这是在吃饭时，对战友的悼念。"愿为忠臣安可得"，抒发了作者的愤慨。战友志为忠臣而不惜为国捐躯，岂知死后统治者根本不把他作为忠臣看待。这既是对战友的悼念，又是对统治者的揭露。最后四句为第四段，诗人对战友歌颂思念不止，表现了他与统治者截然不同的立场。三、四两段以疑问句和赞叹句的形式抒写诗人无时无刻不对战友悼念的情状，语言质朴而感情真挚深沉，形成本诗的第三个艺术特点。

《战城南》通过对阵亡战友的深切悼念，反映了当时人民对侵略战争的复杂感情。一方面，大敌当前，他们忠勇无畏，虽然明知战争会使他们失去生命，可是为了保家卫国而视死如归，甚至以乐观的情绪迎接侵略者的挑衅，与贪生怕死者形成鲜明的对照。这首诗宝贵地记录下了汉代人民抗击匈奴侵略时的精神风貌。另一方面，人民对于昏愦的统治者极其不满。"愿为忠臣安可得"，深刻揭露了统治者的昏庸。他们非但对忠勇者不加抚恤慰勉，甚至对战死沙场的忠骨也不加掩埋。诗人不仅记载了战争带给人民的苦难，而且也喊出了汉代人民对统治者的强烈不满。

（颜应伯）

有 所 思

有所思，乃在大海南。

何用问遗君？

双珠玳瑁簪，用玉绍缭之。

闻君有他心，拉杂摧烧之。

摧烧之，当风扬其灰。

从今以往，勿复相思！

相思与君绝！

鸡鸣狗吠，兄嫂当知之。

妃呼豨！

秋风肃肃晨风飔，东方须臾高知之。

　　这是采用民间谣曲写成的"汉铙歌十八曲"中的第十二曲，写一个女子在得悉情人有了"他心"之后，决心与其断绝关系而又难以割舍的痛苦心情。真挚率直，直抒胸臆，朴素清新，天然浑成，实为民间文学中的上乘作品。

　　全诗以被遗弃的女主人公的口吻，叙述了她的所为和所想。诗大致上可以划分为三个段落。开头的五句，即从"有所思"到"用玉绍缭之"，是写女主人公的爱情之深。起首的两句看似脱口而出，实际上饱含着深意，表面上是交代她有个日夜思念的情人，远在大海的南边，深层里却暗示着她爱得大胆、真诚，故而能够那样地毫无顾忌、坦然道出。那末，对于远别而思念中的情人，到底要送点什么东西呢？她选择的是嵌镶着两只珠宝的玳瑁簪，而且还亲手用彩线系上了玉石。本来，像簪、钗和帕等小首饰和用品，在古人的日常生活中是须臾不可少的，所以在少男少女的爱情生活中，往往被相互赠送，一以表示自己对情人的时刻相伴，二以勾起情人的经常思念。本诗不同的是，她对送给情人的饰品倍加珍视宝贵，以此表达她爱情的深挚。在第一个段落里所透露出的气氛，与女主人公的爱情是同步热烈的。

第二个段落是从"闻君有他心"到"相思与君绝"。纯真的爱情遇到了挫折，爱情碰上了负心，气氛一下子跌落了下来：把玳瑁簪折碎烧毁，还要在风口上把灰撒掉，表示以后再不想他了，决心同他斩断情思。拉杂摧烧、当风扬灰、勿复相思、与君绝交，这行动、这思想、这决心，都是强烈的，充分表达了女主人公的愤恨之情。特别是一连用了两个重复句："拉杂摧烧之。摧烧之"和"勿复相思！相思与君绝"，更加重了语气，增强了色彩，深化了感情，把女主人公那种由热恋到失望到愤恨的复杂的情感变化，十分鲜明地表达了出来。

第三个段落是从"鸡鸣狗吠"至结束。当感情的高潮过去之后，女主人公冷静思虑：回想与情人在月下达旦的幽会，曾经引起过狗吠鸡鸣，兄嫂自然是晓得的，如今一旦决绝，怎么对他们讲呢？再听听萧瑟的秋风和雄鸡求偶的悲鸣，心里更乱了。她思前想后，不觉东方即晓，相信皓皓的红日当会察知自己的纯洁无瑕。"妃呼豨"是一声无可名状的感叹，更烘托了女主人公矛盾孤寂的心境。

还有一点值得注意：全诗以玼瑁簪反复穿插，物与情共，真切动人。

（魏同贤）

上 邪

上邪！
我欲与君相知，长命无绝衰。
山无陵，江水为竭，
冬雷震震，夏雨雪，
天地合，乃敢与君绝。

《上邪》在"铙歌十八曲"中排列十五，与其他十七首一样，也以句首文字为题。铙歌原为军乐，此诗却写恋情，是女子对爱情的果断表白。可见它不是铙歌本辞，而是利用铙歌形式填写的新辞。

《上邪》是一首不同凡响的情歌。其不同凡响，首先在于情感强烈激越。"上邪"犹言"天哪"，劈头即指天明誓，显示了爱情正面临严峻考验，而且情势已至非指天明誓不可的地步。誓言分为两层。先是正面诉说："我欲与君相知，长命无绝衰。"因两情相处曾有过一段心心相印的经历，长久相爱的美好愿望便由此而生。但幸福毕竟已成过去，目前面临的则是纯洁的爱情遭到了彻底毁灭的威胁。于是第二层陡转，反向喷薄而出：只有到了山无峰、江水干涸、冬日频响雷声、夏天大雪纷飞、天地合为一体的时候，我才能断绝和你的恋情。这里一连用了五个违反自然规律、绝对不可能出现的现象作为先决条件，表现了女子对爱情坚定不渝的执着的强烈感情。正如王先谦所说："五者皆必无之事，即我之不能绝君明矣。"《《汉铙歌释文笺正》》其取喻生动，感情炽烈，具有浓厚的民歌色彩。

　　成功地运用换韵手法，也使这首诗获得不同凡响的效果。开头"上邪"结以平声"邪"字，可送气而成响亮长呼；下二句以平声字"知""衰"相承，令人体会诗人的幸福回味和对未来的美好憧憬；后面则仄韵到底，如连珠击盘，急促收藏，间不容发，声声动人心弦。寥寥三十余字，长吁短叹，抑扬顿挫，极尽曲折，将汉字的抒情功能、渲染力量、音韵美感，发挥得淋漓尽致，令人回味无穷。

（李祚唐）

江 南

江南可采莲，莲叶何田田。

鱼戏莲叶间。

鱼戏莲叶东，鱼戏莲叶西，

鱼戏莲叶南，鱼戏莲叶北。

　　这是一首汉代民歌。全诗纯用口语，情感真挚朴实而富有诗意。可能有人认为它单调乏味，那是不能深入理解这首民歌的意境所致。

　　从字面上看，诗的大意是，夏秋之交，正是江南水乡采摘莲蓬的时节，泛舟于荷塘之中，四周都是青翠碧绿、亭亭如盖的莲叶，遮满水面。时时可见调皮的鱼儿穿梭嬉戏于莲叶之间，它们把莲叶四周都当作游息往还的场所，一会儿在一片莲叶之东出现，一会儿又出现在莲叶之西，一会儿嬉游到莲叶之南，一会儿又出现在莲叶之北。其景趣味盎然，令人目不暇接。

　　我国古代民歌，向来有以"莲"谐"怜"，以"鱼"谐"侣"的艺术手法。细玩此中意味，可知此诗所描绘的，不仅是江南荷塘中的自然美景，而且也在歌颂辛勤的劳动，以及青年男女之间纯真的爱情。

　　此诗始见于南朝齐梁间沈约的《宋书·乐志》，并被认为是与街头巷尾流传的民谣并存而仅见的汉代乐章古辞之一。宋代郭茂倩编《乐府诗集》，将其收入《相和歌辞·相和曲》中，这说明它是一首相和而唱的合唱歌曲，有领唱、合唱，还有此起彼落的和唱，音乐轻快流畅，韵味悠长。它所表现的意境清朗，场面热闹，形象鲜明，仿佛使人看到了成群结队采莲的青年男女正在景色秀丽的荷塘中边劳动边以歌传情的动人情景，令人陶醉神往。　　　　（郑世贤）

陌上桑

日出东南隅，照我秦氏楼。

秦氏有好女，自名为罗敷。

罗敷喜蚕桑，采桑城南隅。

青丝为笼系，桂枝为笼钩。

头上倭堕髻，耳中明月珠。

缃绮为下裙，紫绮为上襦。

行者见罗敷，下担捋髭须。

少年见罗敷，脱帽著帩头。

耕者忘其犁，锄者忘其锄。

来归相怨怒，但坐观罗敷。（一解）

使君从南来，五马立踟蹰。

使君遣吏往，问是谁家姝。

"秦氏有好女，自名为罗敷。"

"罗敷年几何？"

"二十尚不足，十五颇有余。"

"使君谢罗敷，宁可共载不？"

罗敷前置词，"使君一何愚！

使君自有妇，罗敷自有夫。"（二解）

"东方千余骑，夫婿居上头。

何用识夫婿？白马从骊驹。

青丝系马尾，黄金络马头；

腰中鹿卢剑，可直千万余。

十五府小史，二十朝大夫，

三十侍中郎，四十专城居。

为人洁白皙，鬑鬑颇有须。

盈盈公府步，冉冉府中趋。

坐中数千人，皆言夫婿殊。"（三解）

本诗是汉代乐府中的名篇，也是叙事诗中的佳作，在古代诗歌发展史上占有显著的地位。

全诗以三解的篇幅，记叙了发生在汉代某地的一则即景故事：一个美丽的少女秦罗敷外出采桑，吸引了众人的注目和艳羡；路遇的五马"使君"竟不怀好意，要同罗敷同归；罗敷巧妙而骄傲地谴责了"使君"的行为，拒绝了"使君"的"邀约"。民间诗人运用夸张的语言、虚构的手法，极写罗敷的外表和心灵之美，衬托了"使君"心怀叵测的丑，反映和鞭挞了社会生活中的丑恶现象。

本诗属相和歌古辞，《乐府诗集》曾引崔豹《古今注》讲："《陌上桑》者，出秦氏女子。秦氏，邯郸人，有女名罗敷，为邑人千乘王仁妻。王仁后为赵王家令，罗敷出采桑于陌上，赵王登台见而悦之，因置酒欲夺焉。罗敷巧弹筝，乃作《陌上桑》之歌以自明，赵王乃止。"这恐怕是将文学历史化所造成的一种附会，实际上，罗敷本为汉代美好女子的泛称，"使君"亦不必专指赵王，都只不过是已经被诗人典型化了的文学形象，是基于现实生活基础上的文学创造。

本诗分为三解，即三章。第一解从不同的角度、用不同的手法描绘罗敷的形貌美。开始"日出东南隅，照我秦氏楼"是节奏很快的兴起，一上来就表明了作者的倾向：秦氏属于"我"的，这里所讲的故事是"我"的秦氏，不仅真实，而且亲切。接着一连十句直写罗敷，有概括的评价、名字的交代、爱好的说明、行动的叙述、用具的提示，特别是服饰的描写，从而把外出采桑的罗敷的美貌细镂了出来。这样的美人的出现，自然会引起人们的注意与喜爱。所以，诗人接着就写了各种人物着迷似的姿态：行路人停步放下担子，捋撚着胡须；少年人脱下帽子，忘记了露出束发的纱巾；耕田的、锄地的都停下了手中的工作。总之，罗敷的出现使整个环境静下来了，她那美的光照处就会发生神奇的变化，以至于虽有怨怒也不以为意，大家索性坐下来出神地观看。

第二解记叙使君同罗敷的路遇和对答。身居高位的"使君"，一见罗敷便产生了不良的念头，先问她是谁家的姑娘，再问她多大年纪，第三问就想占有她。好色，贪婪，霸气十足，一副卑劣蛮横的嘴脸跃然纸上。更妙的还在于罗敷的答话，第一答朴实、正派，第二答就使用了两句模糊语言，第三答则理直气壮地指斥了使君的愚蠢。这三答所表达的三种态度，实际上反映了罗敷对使君认识上的逐步变化，从思想认识、道德情操到性格特点，多侧面、多层次地表现了罗敷的正派、节操和大胆机智。

第三解是罗敷的夸夫独白。这里的十八句诗采用夸张的手法，围绕着"夫婿殊"这一中心意思，从威仪、经历、外貌等方面，塑造了一个文武双全、高官厚禄的美丈夫的形象，以此来贬低"使君"，使其自愧形秽，不必纠缠，或者说以此吓退"使君"这个歹徒！

汉诗如汉赋一样，在古代文学的发展史上走进了歌功颂德、粉饰太平的低谷，而无名氏的民间创作，像《陌上桑》《战城南》《有所思》《江南》等民间诗歌，则以其纯朴自然、刚健清新的思想与艺术特点，在文学史上放出了异彩，成为千古绝唱。　　（魏同贤）

长 歌 行

青青园中葵，朝露待日晞。
阳春布德泽，万物生光辉。
常恐秋节至，焜黄华叶衰。
百川东到海，何时复西归。
少壮不努力，老大徒伤悲。

岳飞《满江红》词上阕末二句"莫等闲白了少年头，空悲切"，由此诗"少壮不努力，老大徒伤悲"化来，二者皆为千古传颂的佳句。岳词是以之激励自己抗金报国，而《长歌行》则用来点明珍惜韶光、及早奋发进取的人生哲理。明理之诗，往往易流于抽象、浮泛，而此诗写来有声有色，寓抽象之理于生动形象之中。

《长歌行》属相和歌清商曲中的平调，在平调七曲中序列第一。它的古辞有两首，此为第一首。《事文类聚》引称颜延年诗，其实应当是留存的民歌古辞。《长歌行》外尚有《短歌行》，崔豹《古今注》云"'长歌''短歌'，言人寿命长短，各有定分，不可妄求"，颇嫌敷会；李善《文选注》以为"行声有长短，非言寿命也"，似较合理。

"青青园中葵，朝露待日晞。"诗人先以受露待日的园中葵起兴，在人们面前展示了一种生机勃勃、欣欣向荣的具体形象。继而转入对植物生长普遍规律的描述："阳春布德泽，万物生光辉。常恐秋节至，焜黄华叶衰。"自然界万物一如青葵在春天享受阳光雨露的照射和滋润那样，焕发出旺盛的生命力；然而秋天一到，随之而来的却是花叶凋零，满目衰败。"常恐秋节至"亦见《怨歌行》，似为汉代民歌中常用的转折语。春去秋来的自然规律是如此不可抗拒，它使人联想到时光的宝贵，人生的短促。

因此诗紧接以"百川东到海，何时复西归"，来慨叹流年如水，一去不返。这二句用孔子"逝者如斯夫，不舍昼夜"（《论语·子罕》）句意，警示光阴易逝，韶华难再。至此，"少壮不努力，老大徒伤悲"一结，如水到渠成，脱然而出，画龙点睛地揭示出全诗的用意。

吴淇解此诗时说："一日之时在朝，一年之时在春，一生之时在少壮。"（《选诗定论》）其紧扣"朝""春""少壮"诸字，使此诗以自然形象阐明人生哲理的特点显露无余。正因为这一点，《长歌行》不仅具有劝人珍惜韶光、奋发进取的主旨，而且能给人以赞美青春和人生的美的享受。古诗中那些讽劝人们及时行乐、秉烛夜游之类的作品，是不能与其同日而语的。

（李祚唐）

东 门 行

出东门，不顾归；

来入门，怅欲悲。

盎中无斗米储，还视架上无悬衣。

拔剑东门去，舍中儿母牵衣啼：

"他家但愿富贵，贱妾与君共铺糜。

上用仓浪天故，下当用此黄口儿。今非！"

"咄！行！吾去为迟，白发时下难久居！"

这是一首历来受人们关注的汉乐府诗，属《相和歌辞·瑟调曲》。从内容看，它反映了穷巷仄里底层庶民凄苦恼怒的心曲；从形式看，它清新质朴，不拘不板，淋漓酣畅。

全诗不足八十字，但活写出一幕短剧。时间：东汉时代某一天。地点：穷困百姓之家。人物：夫妻及其子女。背景：赋税、徭役、武装的压迫和刑法的威吓……在这样"浩荡的皇恩"下，主人公家里，罐中没米，架上无衣。

有戏必有冲突，冲突就在夫妻间。夫，大致年方而立（有黄口小儿），血气方刚，不能养家，忍无可忍，意欲铤而走险——反抗、斗争。妻，温顺俭朴，柔心弱骨，面对丈夫决绝，孤凄无援，只得上呼苍天，下拽幼儿，言辞婉曲缠绵，情怀撕心裂肺，希求以此苦苦挽留丈夫。结果是丈夫开始苦闷犹豫，他"出东门""不顾归"（义无反顾），"来入门"（可他又回来了），"怅欲悲"（怅恨加上悲伤）。原来家有爱妻幼子，嗷嗷待哺，就此离去，于心何忍？清人沈德潜说他"功名儿女，缠绵胸次，情事转展如见"（《古诗源》）。可是当他看到家里四壁空空，绝无生计时，不由得怒火中烧，拔剑而起。透过这个"拔"字，不难想象他正咬牙切齿，目眦尽裂。所以尽管妻子哀哀啼泣，也终于无济于事。妻子以她素有的温良敦厚战战兢兢地向丈夫忠告：人家向往富贵——由人家去，"贱妾与君共铺縻"（我只要和你厮守，吃汤喝粥也心甘），"上用仓浪天故"（青天在上——总有正道），"下当用此黄口儿"（看在孩子面上），以天道人情动之。"今非"，谓现在不能这样蛮干。可是丈夫已经破釜沉舟。"咄"，大声叱责，忿愤已极。"行"，犹"走"，一定得去。语辞坚定短促，如金玉掷地，铿然有声。"吾去为迟，白发时下难久居！"主人公深感决计已迟，为了活命，他辛苦劳碌了半辈子，愁白青发，如今则不愿再忍受下去了，态度斩钉截铁，即临绝境，也毅然不顾。

这篇叙事诗活生生地展现了"官逼民反"的主题，深刻地透视了东汉时代尖锐激烈的阶级矛盾和社会生活，堪当一页极富感染力的历史教材。

除了深邃的主题，这首诗在艺术上也颇具特色。首先它以对话形式展示心理，展开矛盾，语言清新质朴，绝无文饰，也不用典，活脱出自庶民之口，读来倍感真实亲切。其次语言极富个性，辅以典型环境，使得人物有哀有愤，有情有义，栩栩如生，呼之欲出。即使开端十二个字的叙事，简而又简，洗炼之极，联系全诗，却起了丰富男主人的内心世界、增添主题感人力量的作用。全诗句型活泼，一字二字三字乃至七字，整散杂出，长短随意，情之所至，笔之所到，充分满足了表情立意的需要。全诗叙事与抒情结合无间，细腻处诱人共鸣，滞重处引人扼腕。

　　人称汉乐府"感于哀乐，缘事而发"，其现实主义特色上承《诗经》。此篇确是"以纸笔代百姓之喉舌"，为朴茂耿直的里巷风谣之佳篇。

（徐安达）

妇 病 行

妇病连年累岁，传呼大人前，一言当言。

未及得言，不知泪下一何翩翩！

属累君两三孤子，莫我儿饥且寒。

有过慎莫笪笞。

行当折摇，思复念之。

乱曰：抱时无衣，襦复无里。

闭门塞牖，舍孤儿到市。

道逢亲交，泣坐不能起。

从乞求，与孤买饵。

对交涕泣，泪不可止，

我欲不伤，悲不能已。

探怀中钱持授交。

入门见孤儿，啼索其母抱。

徘徊空舍中。

行复尔耳！弃置勿复道。

这是汉乐府中一首叙事民歌。全诗大致分两大部分，首章言病妇辗转床箦数年，终因贫病交加，垂垂将死，临终托人将外出的丈夫寻找回来，嘱托后事。病妇最大的心事，就是死后孤儿们的命运，因此哀求丈夫别让丧母之儿再受饥寒，不要打骂孩子，并再三乞求丈夫看自己将死的面上，把遗嘱牢记心中。

"乱曰"以下为全诗末章，写丈夫为嗷嗷待哺的儿女外出觅食，连亡妻的后事也无暇料理。他四处求拜亲友，回来时见孤儿啼哭着要母亲抱，已悲痛到麻木而万般无奈的地步。这里没有像另一首乐府民歌《东门行》那样，直写"盎中无斗米储"、"架上无悬衣"、日常只能食粥充饥的贫寒状况，而只是用"抱时无衣，襦复无里"之句，从侧面含蓄地描写。此外，同首章一样，这里也没有直写妻子临终与逝世后丈夫哀哀欲绝的悲伤情状，因为从全诗的气氛来看，显然是家庭生活的重担，迫使他为了孤儿与自己的生存，连悲伤的时间都没有了。所以只能在"道逢亲交"，被人问起时，才用"泣坐不能起"的失态，来表达自己内心的哀伤。

全诗以叙事手法描写汉代一个贫民家庭贫病交加、孤儿嗷嗷待哺、丈夫与妻子生离死别、丈夫外出四处求援而又万般无奈的悲惨情形，诗句质朴无华，不加雕饰而感情真挚，叙事清晰而有条理，尽管手法含蓄，读来却令人宛见当时贫苦人民挣扎在饥饿与死亡线上的真实情景。

这首民歌在郭茂倩《乐府诗集》中被编入《相和歌辞·瑟调曲》。在歌乐没有失传时，显然应有领唱、合唱、和声等部分，从全诗叙事的情节来看，可视为当今曲艺的滥觞。全诗句式从二言到八言长短不等，因乐章失传，后人对它的句断不相一致，因之对其中一些诗句的理解也不尽相同。如"行当折摇"句，或说病妇临终，或说孤儿衰弱得一碰就倒；"与孤买饵"句，或说是丈夫，或说是"亲交"；"探怀中钱持受"，或说是丈夫委托亲交，或说是亲交慷慨解囊；"入门见孤儿"以下，或说是丈夫回家所见所思，或指为亲交陪同前往所视所叹。歧异之处，读者自可在阅读时细加品味，择善而从。

（郑世贤）

孤 儿 行

孤儿生，孤儿遇生，命当独苦！

父母在时，乘坚车，驾驷马；

父母已去，兄嫂令我行贾。

南到九江，东到齐与鲁。

腊月来归，不敢自言苦。

头多虮虱，面目多尘（土）。

大兄言办饭，大嫂言视马。

上高堂，行取殿下堂，孤儿泪下如雨。

使我朝行汲，暮得水来归；

手为错，足下无菲。

怆怆履霜，中多蒺藜；

拔断蒺藜肠肉中，怆欲悲。

泪下渫渫，清涕累累。

冬无复襦，夏无单衣。

居生不乐，不如早去，

下从地下黄泉！

春气动，草萌芽。

三月蚕桑，六月收瓜。

将是瓜车，来到还家。

瓜车反覆，助我者少，啗瓜者多。

"愿还我蒂，兄与嫂严，

独且急归，当兴较计！"

乱曰：里中一何谣谣，

愿欲寄尺书，将与地下父母：

兄嫂难与久居！

这首乐府诗属相和歌辞瑟调曲，以第一人称倾诉了孤儿受到兄嫂残酷的奴役、虐待，竟至走投无路而痛不欲生，生动而深刻地反映了在封建家长制的桎梏下，人情浇薄、莫知我艰的世情。文字犹如泪痕血点，凝缀而成。往哲时贤屡称它为绝望的血泪控诉，读着总有悲风刺人毛骨之感。

全诗除了首尾，中间分三个部分。

发端以"孤儿生，孤儿遇生，命当独苦"总领全篇。意为孤儿活在世上，挨上这样的生涯，该当超乎寻常地受苦！这个"苦"字为全诗定了基调，"独"字为它加重了分量——不仅"苦"极，且是孤儿独有，旁人无缘身受心领。"当"字则显示孤儿原该如此。这到底为什么？不由得引起读者的深深思索。

下面第一段写"行贾"（当商人——汉时最为低贱），到"面目多尘（土）"为止，概写了父母故世前后孤儿生活的差异，初次展现兄嫂的残忍和孤儿的苦衷。从原先"乘坚车，驾驷马"的排场看，他家尚属富裕。这是一处伏笔，为下文孤儿"手为错（皲——皴裂），足下无菲（草鞋）"、"冬无复襦（夹袄），夏无单衣"作映照，在强烈的反差中揭露和控诉了兄嫂残忍卑劣、伤尽天良。正是他们的一个"令"字，给孤儿带来了吃不完的苦，表现出封建家长制乃是罪恶之源。"头上多虮虱，面目多尘（土）"描述孤儿形象具体细致，浅而能深，近而能远，"虮虱"和"尘（土）"里正蕴含了孤儿外出行贾"南到九江（今江西安徽一带），东到齐鲁（今山东）"的邋遢模样、狼狈境况。

第二段写孤儿在家，到"下从地下黄泉"为止，集中叙写他实际上已经成为兄嫂的仆奴。就在自己家里，孤儿遵兄旨刚刚"上高堂（正屋）""办饭"，又从嫂命"行（辄，旋即）取（趋，疾奔）下堂（下房）"照料牛马；有时又被差使远出汲水，早出晚归，不顾严寒，缺衣无鞋，手足冻裂，"怆怆（跄跄，踉踉跄跄）履霜（踏在霜雪地上）"，拔着"肠肉中"（刺进小腿肉中）的断蒺藜，怆恨加上悲怨，能不涕泪连连？这样活着有什么意思？他四顾无望，觉得还不如早死，到地下黄泉去追随已故的父母。这段文字假铺陈以状孤儿苦不堪言，提及兄嫂虽然不多，其可憎面目已经历历，令人发竖！

第三段为"收瓜"，到"当兴较计"为止，写了一段颇具情节的插曲。据此而推，原来人情薄如纸的并非一家，孤儿在家受凌虐，在外也得不到世俗的同情和协助。开首"春气动，草萌芽"，似乎预示孤儿的命运有了转机，就在回翔曲折处，谁知紧承的是三月至六月的养蚕收瓜接连不断（这只是泛写，其间的辛苦劳累更无法细述）。他"将（扶推）是（这辆）瓜车"走在回家路上，因身单力薄而车翻瓜落，路人相助者少，乘机打劫吃白食者多。孤儿不禁焦急万分，四顾哀告他们把瓜蒂留下作为凭证，以便回家有所交待，因为兄嫂严厉，必然会大加计较的。这段文字不仅进一步表现了兄嫂的横暴，更写出了孤儿还同时承受着世俗的欺压，读来令人恻怜。诗篇也顺理成章地拓宽了思想内涵——孤儿苦，绝非一家，乃是普遍的社会问题。

最后"乱曰"（即乐曲的尾声——汉乐府诗都入乐）既交代了"里中何诮诮"（兄嫂早已在家等得不耐烦而"诮诮"——破口大骂了），还重申了孤儿最迫切的愿望，是要让父母在天之灵知晓兄嫂的负情绝义，自己绝不能继续与他们一起生活下去！潜台词则是在现实生活里，孤儿孤身只影，已经投诉无门，生计无望了。诗篇终止，谴责和控诉亦臻最强音。

本诗形如口述，质而不俚，详略交杂，情境糅合。特定的人物，典型的遭遇，读来使人如见其人，如临其境。 　　　　（徐安达）

艳歌何尝行

飞来双白鹄，乃从西北来。

十十五五，罗列成行。

妻卒被病，行不能相随。

五里一反顾，六里一徘徊。

吾欲衔汝去，口噤不能开。

吾欲负汝去，毛羽何摧颓。

乐哉新相知，忧来生别离。

踟蹰顾群侣，泪下不自知。

念与君离别，气结不能言。

各各重自爱，远道归还难。

妾当守空房，闭门下重关。

若生当相见，亡者会黄泉。

今日乐相乐，延年万岁期。

　　这首汉代民歌，一名《双白鹄》，又名《双鹄行》，描写一对贫贱夫妻在生离死别之时，仍对爱情忠贞不渝的动人情景。

　　全诗分三大部分。第一部分四句，用比兴的手法，写这对贫贱夫妻为脱离饥寒交迫，追求美好的生活，随着大批人群从西北一路逃荒而来。"十十五五,罗列成行"二句,形容逃荒者成群结队,扶老携幼,漫山遍野而来,场景悲凉,气氛凄惨。

自"妻卒被病"至"泪下不自知"是第二部分。逃荒生涯已艰辛备至,孰料祸不单行,妻子因一路劳顿生了重病,不能继续上路了。然而,逃荒的人流仍在不断地前进。身患重病的妻子不愿拖累大家,她一再催促丈夫别顾自己,快随人群一起赶路;而心地善良、忠于爱情的丈夫却割舍不下,一步一回头,走走停停,停停走走,走了很长一段路,还在那里犹豫彷徨、恋恋不舍。下面写丈夫一路独行的心理活动:逃荒是一种集体自救、迫不得已的行动,他多么想带着重病的妻子一起走啊!但又怕因此拖累大家,没法开口,而且自己一路行来,也早已饥渴艰辛,体力难支,所以说"口噤不能开""毛羽何摧颓"。丈夫为人忠厚,一旦孤行,就会有人乐意追随他,所以说"乐哉新相知"。但他却始终沉浸在与病妻生离死别的缠绵凄恻之中,无心旁顾。眼看逃荒的人流渐渐东去,他心里想着自己苦命的妻子,不由自主地站在那里,泪下如雨。

自"念与君别离"至结尾,是诗的第三部分,描写病妻被迫独自留下后的心理活动。病妻贤惠善良,珍爱丈夫,为了顾大局,明知被弃的悲惨结局,也不愿丈夫留下。但一想到离别的情景和日后自己孤身一人挣扎在死亡线上,不由得悲痛欲绝,苦不堪言。她深知这次相别是伯劳分飞,天各一方,丈夫归期渺茫,她却决心独守空房,等他回归;即使死了,黄泉之下也要与丈夫相会。如果丈夫遇上新欢,也祝福他们彼此欢愉,益寿延年,以补自己因病不能随行侍奉丈夫之憾。末二句看来似写病妻的心地善良,通情达理,其实也是封建社会人民生活贫困、家庭脆弱的一种折射，他们经不起天灾人祸的打击。

　　历来都说这首民歌是歌颂爱情，其实在爱情、家庭的背后，又何尝不是在"伤时政"呢？病妻与丈夫的生离死别，与《妇病行》的情节十分相似，两者在反映爱情和家庭悲剧方面真有异曲同工之妙。而这正是对封建社会迫使穷苦家庭妻离子散的有力控诉。

（郑世贤）

饮马长城窟行

青青河畔草，绵绵思远道。

远道不可思，宿昔梦见之。

梦见在我旁，忽觉在他乡。

他乡各异县，展转不相见。

枯桑知天风，海水知天寒。

入门各自媚，谁肯相为言？

客从远方来，遗我双鲤鱼。

呼儿烹鲤鱼，中有尺素书。

长跪读素书，书中竟何如？

上言加餐食，下言长相忆。

　　这首五言诗或谓汉乐府古辞，作者佚名；或谓汉末蔡邕所作。选家各有所本，难以定论。以语言风格看，是民歌的可能性较大。

　　全诗为一位妻子因思念服役在外的丈夫而作的倾诉。汉朝从武帝始，开边黩武，兵戈连连，"外事四夷，内兴功利"，大量征调行役戍卒，造成百姓妻离子散，骨肉难圆。《盐铁论·徭役》载："近者数千里，远者过万里……父母愁忧，妻子咏叹，愤懑之恨，发动于心，慕思之病，痛于骨髓。"乐府诗有许多篇什深入反映并着力谴责了兵役和徭役带来的沸沸民怨，本篇即其中之优者。

"青青河畔草，绵绵思远道。"以起兴开篇。草色青青，春色撩人，且在河畔，河水盘旋，流向远方，无端无际。伫立其境，思妇能不遥念亲人？"绵绵"一语双关，既状青草绵延不绝，更诉思妇情感之深挚缠绵。"远道不可思，宿昔梦见之。""远道"借代丈夫，戍边役卒游踪无定，音问难得，思之何用？然而又不能不思，昨晚还在梦中见到了他。由诗意看，"宿昔"，昨夜，这里以少总多，当指夜夜梦之，正所谓"日有所思，夜有所梦"。

"梦见在我旁，忽觉在他乡。"此二句同上二句和下二句一样，运用联珠修辞，即首语复用上句尾词。它使结构谨严、语势贯通，用之抒情，犹如滔滔江水不可止遏；乐府重声感，联珠又使韵律流畅、诗意淋漓。"在我旁"与"在他乡"一正一反，以强烈反差表现女主人痛楚至切至深。虚词"忽"表达主人从幻觉中骤然回到痛苦的现实，更加不堪承受。"他乡各异县，展转不相见。"异县即异地。"展转"既可解作征人飘泊困顿，也可解作思妇"辗转反侧，寤寐思服"。"不相见"三字则浇注了女主人凝重的怨愤。

"枯桑知天风，海水知天寒。"此二句异说纷纷，其实也属比兴。枯桑无叶尚知天风，海水不冰犹感天寒，言下之意是念我孤衾空房，焉能无情？"入门各自媚，谁肯相为言？"人各有家，各有所亲，看着别人团聚欢爱，又有谁会来问讯，聊慰于我？

"客从远方来，遗我双鲤鱼。"正当难堪，喜从天降，丈夫委托客人带来书信。"双鲤鱼"即书信封函，木制成鱼形。以鲤鱼代信，典由此出。"呼儿烹鲤鱼，中有尺素书。"巧用"烹"字作比，意为打开封函，既和上句"鲤鱼"圆合，亦示主人心情之急不可耐。素书即信，由生绢写就。

"长跪读素书，书中竟何如？"长跪即挺直腰板，跪于地上，一副恭敬、忧喜交集的神情。"竟何如"即到底写了些什么，无数次日思夜梦，丈夫的情况究竟如何？"上言加餐食，下言长相忆。"丈夫在外，同样心挂家室，勉励爱妻注意饮食冷暖，保重身体。"上言"，即先写。"长相忆"，即互相思念累日积年，由于不能团圆，还得遥相思念下去。诗篇至此戛然而止，结果怎样？可以想见，女主人"愿言思伯，甘心首疾"（《诗经·伯兮》），挺直的腰塌了，抬起的手垂了，夫妻天各一方，亟盼相会，可是指待无日，又一次陷入了深深的失望。

全诗以"客从远方来"为一转，分前后两部分。前半篇以"绵绵思远道"为眼，倾诉了无限哀怨；后半篇倏忽间出现转机，主人惊喜交加，但是旋踵即逝，"长相忆"显示着"思远道"还得"绵绵"下去。

这首抒情诗悲怆、凄惨、婉曲、细腻、深沉，力透纸背。诗中无一句指责官吏，然而女主人的凄苦命运，又何尝不是对当时苛兵繁役的愤怒控诉！

（徐安达）

白 头 吟

皑如山上雪，皎若云间月。

闻君有两意，故来相决绝。

今日斗酒会，明旦沟水头。

躞蹀御沟上，沟水东西流。

凄凄复凄凄，嫁娶不须啼。

愿得一心人，白头不相离。

竹竿何袅袅，鱼尾何簁簁。

男儿重意气，何用钱刀为！

　　痴情女子被负心汉遗弃，乃世间一大悲剧。悲剧中的女主人公，自然极堪同情。但这首《白头吟》里的女主人公，却远不止令读者同情而已。

　　《白头吟》系相和歌楚调曲，《乐府诗集》载两首，其一即此，采自《玉台新咏》，为此调本辞；另一首取自《宋书·乐志》，篇幅较长而内容与此篇大体相同，许是晋乐所奏，扩充篇幅以应乐律。

　　此诗以韵分为三层：第一层首四句，第二层续四句，末八句为第三层。

　　真正的爱情应当洁白无瑕，故诗的开头以洁白的雪、月喻之。

那男子在追求女主人公时少不了信誓旦旦，此时却心生两意，移情于新欢。旧时的信誓毁于一旦，对于如此负心之人，女主人公采取了断然决绝的态度。而决绝中又饱含了与《诗经·卫风·氓》所述"士贰其行""二三其德"颇为相似的谴责。

但女主人行止合度，在怨愤之中镇定自若，对负心汉以"斗酒"相待，在"沟水头"作理智的分手。"今日""明旦"是紧连的两天，暗示她平静中的决断。"沟水东西流"之"东西"，有人释作偏指东方，喻爱情一去不返；其实细味诗句，当喻男女双方分手后背向而去，无复相聚。较之受遗弃而哭闹詈骂的女子（这也情有可原），诗中的女主人公显得更令人钦佩和同情。

末八句中，女主人公不但能冷静地对待自己的不幸遭遇，还从中总结经验，以奉告面临爱情选择的所有妇女："凄凄复凄凄，嫁娶不须啼。愿得一心人，白头不相离。"在她看来，嫁娶时的啼哭并无必要，关键是看准对方，选择一位可以白头偕老的"一心人"。显然，她希望姊妹们不要重蹈自己的覆辙。这是从痛苦经验中领悟的爱情观，既谴责了负心汉，又鞭挞了产生负心汉的社会整体。于是，下面揭露以香饵钓鱼方式诱骗女子爱情，以及依仗钱势，不讲道德等罪行，也应看作是女主人公对当时社会不能公正对待妇女的强烈控诉。

《西京杂记》载卓文君曾有《白头吟》，有人据此以为此诗即文君所作，显然是出于为司马相如与卓文君这则著名风流故事增加插曲而生的附会。不恰当地坐实之后，固然可为这首民间杰作增一谈助，但其积极意义也就此丧失殆尽了。

（李祚唐）

怨 歌 行

新裂齐纨素，鲜洁如霜雪。

裁为合欢扇，团团似明月。

出入君怀袖，动摇微风发。

常恐秋节至，凉飙夺炎热。

弃捐箧笥中，恩情中断绝。

这首汉乐府诗也有人认为成于魏晋时代，《乐府诗集》将它编入《相和歌辞·楚调曲》，可见在当时是一首由领唱、合唱组成的歌曲。

此诗似咏扇，又似咏人；似人咏，又似扇咏。它妙在将扇拟人化，使人感到这是有人以团扇自喻，因此竟赋予没有生命的团扇以复杂细腻、多愁善感的心理活动，表现出一种忧宠畏弃的凄恻哀怨之情。难怪历来论者多以为是封建社会中女子自况之作，乃至加入不少猜想成分。

这个以团扇自喻的女子，是被打入冷宫幽闭的妃嫔，还是被贬下厨灶的富家姬妾；是新婚未久即遭夫家冷遇的大家闺秀，还是被始乱终弃的小家碧玉；甚至是否就是希冀跳出遭人玩弄的火坑的青楼女子，一时都无法确定。但它反映了封建社会中妇女深受三权压迫的普遍命运，却是可以肯定的。

《文选》《玉台新咏》《乐府诗集》等集都认为诗的作者是班婕妤，按班固《汉书·班婕妤传》的记载，似有合乎情理之处；但据刘勰《文心雕龙·明诗》及唐代李善《文选》注的考证，又似乎不太可能。今人多从李善注《文选》所引歌录，定为无名氏乐府歌辞，倒是比较客观的。

（郑世贤）

悲 歌

悲歌可以当泣，远望可以当归。

思念故乡，郁郁累累。

欲归家无人，欲渡河无船。

心思不能言，肠中车轮转。

历来都认为这是一首他乡游子的咏叹调，以直抒胸臆的手法诉说自己无家可归，而又极度思恋故乡的悲切心情。进一步看，诗的意义尚不止此，从"心思不能言"乃至不得不悲歌当泣、远望当归来看，悲歌的主人应是一个流离客居异邦他乡、寄人篱下而没有社会地位的人，或为僮仆家奴，或为赘婿养子，或为徒附部曲，甚至可能是被迫长期戍守边关的士兵。他不敢在别人面前流露自己的恋乡之情，否则，有可能再次遭受颠沛流离之厄运，甚至有杀身之祸。在这里，"不能"似有"不敢"之意。因此，纵观全诗，尤其从"无人""无船"二句中可以看出，它反映的是一个贫贱者在封建社会中，因战争频仍、自然灾害、豪强欺压等原因而被迫离乡背井的悲惨命运；它诉说的是这些破败家庭中的幸存者如何无家可归，而又极度思归故乡的悲苦心情，这是很具典型意义的。"肠中车轮转"是双关句，一方面说游子内心痛不堪言，如受车轮碾轧；一方面又说他只能在内心幻想自己乘车踏上回归故乡的道路。如结合《孤儿行》《蜨蝶行》《十五从军征》《艳歌行》《艳歌何尝行》等汉乐府民歌来阅读此诗，或许能取得更好的鉴赏效果。

（郑世贤）

古 歌

秋风萧萧愁杀人，出亦愁，入亦愁，
座中何人，谁不怀忧？令我白头。
胡地多飙风，树木何修修。
离家日趋远，衣带日趋缓。
心思不能言，肠中车轮转。

这是汉乐府杂曲里的一首乡愁诗，写主人公羁旅胡地（北方边境），经久不归。按常理，"胡马依北风，越鸟巢南枝"，主人家在南方，哪有不思乡？可是"故国梦重归，觉来泪双垂"，思乡之余，免不了增添许多忧愁。在愁的折磨中，主人衣带日缓（愈见消瘦），白了头发。

诗篇开首的"秋风萧萧"，写出一派草木黄落雁南归、催得行旅欲断魂的景象。然后托出一个"愁"字，始终难以摆脱，"出亦愁，入亦愁"，坐卧不安，进退失据。此情此景居于篇首，可谓先声夺人，而且景是那样凄凉，情是那样惨淡。清人沈德潜赞它是"苍莽而来，飙风急雨，不可遏抑"（《古诗源》）。

"座中何人，谁不怀愁？"徐仁甫先生别解此诗，认为"谁"乃"何人"之旁注，误入正文。不管怎样，意思不更，都指身处异域边庭，远非一二人。联系汉代情况与此句透露的消息，主人公很可能是戍边役卒。

"胡地多飙风，树木何修修。"既是实景，又是比兴，引出下句"离家日趋远，衣带日趋缓"。两句与开篇一样，景、情糅合交融，欲辨不能。诗文到此已经是语已尽而情未了，因此"心思不能言，肠中车轮转"。悲伤之情犹如车轮转动，回环萦绕，真是"有怀长不释，一语一酸辛"！

对于这首诗的意义，或说"游子思家"，或说"流亡者愤怒的呼喊"。至要者应弄清主人公缘何"离家日趋远"（不仅距离远，而且时间也越来越远）。在汉乐府诗里，与此篇题材接近、情感相似者比比，如"十五从军征，八十始得归"（《十五从军征》）、"相去日已远，衣带日已缓"（《行行重行行》）、"悲歌可以当泣，远望可以当归"（《悲歌》）……汉代边庭兵戈频仍，百姓苦于兵役、徭役，实乃严峻而普遍的社会问题。本诗感情如此之凝重深切，作者似乎身临其境，"不是无端怨悲深，直将阅历写成吟"，因此尤其真切动人。总之，说这首诗是对统治者不顾百姓死活、一味穷兵黩武而作的深刻揭露和强烈控诉，似乎并不为过。全诗运用比兴、重叠、夸张等多种修辞技巧，更加深了感情的抒发。

（徐安达）